DOIS GAROTOS
e uma garota

Editora Appris Ltda.
1.ª Edição - Copyright© 2023 da autora
Direitos de Edição Reservados à Editora Appris Ltda.

Nenhuma parte desta obra poderá ser utilizada indevidamente, sem estar de acordo com a Lei nº 9.610/98. Se incorreções forem encontradas, serão de exclusiva responsabilidade de seus organizadores. Foi realizado o Depósito Legal na Fundação Biblioteca Nacional, de acordo com as Leis nos 10.994, de 14/12/2004, e 12.192, de 14/01/2010.

Catalogação na Fonte
Elaborado por: Josefina A. S. Guedes
Bibliotecária CRB 9/870

G963d 2023	Guimarães, Caroline Canaverde Dois garotos e uma garota / Caroline Canaverde Guimarães. – 1. ed. – Curitiba : Appris, 2023. 157 p. ; 21 cm. ISBN 978-65-250-4394-4 1. Ficção brasileira. I. Título. CDD – B869.3

Appris
editora

Editora e Livraria Appris Ltda.
Av. Manoel Ribas, 2265 – Mercês
Curitiba/PR – CEP: 80810-002
Tel. (41) 3156 - 4731
www.editoraappris.com.br

Printed in Brazil
Impresso no Brasil

Caroline Canaverde Guimarães

DOIS GAROTOS
e uma garota

Appris *editora*

FICHA TÉCNICA

EDITORIAL	Augusto Vidal de Andrade Coelho
	Sara C. de Andrade Coelho
COMITÊ EDITORIAL	Marli Caetano
	Andréa Barbosa Gouveia (UFPR)
	Jacques de Lima Ferreira (UP)
	Marilda Aparecida Behrens (PUCPR)
	Ana El Achkar (UNIVERSO/RJ)
	Conrado Moreira Mendes (PUC-MG)
	Eliete Correia dos Santos (UEPB)
	Fabiano Santos (UERJ/IESP)
	Francinete Fernandes de Sousa (UEPB)
	Francisco Carlos Duarte (PUCPR)
	Francisco de Assis (Fiam-Faam, SP, Brasil)
	Juliana Reichert Assunção Tonelli (UEL)
	Maria Aparecida Barbosa (USP)
	Maria Helena Zamora (PUC-Rio)
	Maria Margarida de Andrade (Umack)
	Roque Ismael da Costa Güllich (UFFS)
	Toni Reis (UFPR)
	Valdomiro de Oliveira (UFPR)
	Valério Brusamolin (IFPR)
SUPERVISOR DA PRODUÇÃO	Renata Cristina Lopes Miccelli
PRODUÇÃO EDITORIAL	Priscila Oliveira da Luz
REVISÃO	Simone Ceré
CORRE	Andresa dos Santos Daniel
DIAGRAMAÇÃO	Renata C. L. Miccelli
CAPA	Lívia Costa

*A todos os profissionais que acreditaram
na minha capacidade de superação.*

AGRADECIMENTOS

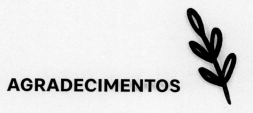

Agradeço aos meus pais por não aceitarem as limitações impostas pelos médicos consultados e acreditarem numa Força Maior e Poderosa para a minha superação e cura.

À professora Simone, que aceitou o desafio de me alfabetizar, mesmo quando uma Equipe Multidisciplinar do Hospital Sarah Kubitschek decretou que eu não aprenderia a ler.

À Dra. Diana, fisioterapeuta da APR – Associação Paranaense de Reabilitação, que me colocou em pé, ensinou-me a andar de muletas, depois de bengala e, por último, os meus primeiros passos.

Ao personal trainer Christoffer Hoffmann por treinar-me exaustivamente, ensinando-me a andar sozinha (com a sua supervisão) um quarteirão inteiro. Grande vitória!

Nunca para de Sonhar! São os Sonhos que nos levam a conquistar nossas maiores vitórias.

APRESENTAÇÃO

Está obra é algo diferente de tudo que já vi. Sendo extremamente original e expressando toda a mente e coração da autora, você pode amá-la ou odiá-la pelo mesmo motivo: sua originalidade.

O livro retrata as desavenças habituais de uma família com duas irmãs de idades próximas, ao mesmo tempo que retrata a união que pode existir pelo mesmo motivo.

Anthony é um pai protetor que busca suprir a falta da mãe na vida de suas filhas, gerando identificação com pais e mães que buscam criar seus filhos sozinhos, fazendo o seu melhor a cada dia. Você não vai encontrar clichês, nem personalidades saídas de uma forma, mas personagens originais e espontâneos, que transmitem a realidade do caráter e vulnerabilidade de emoções do ser humano.

Leia com o coração.

Andresa dos Santos Daniel

SUMÁRIO

APRESENTAÇÃO DOS PERSONAGENS.................................. 15
CADÊ A CHAVE?.. 17
NA FACULDADE.. 19
CORRE QUE EU TE PEGO.. 21
A DESCULPA... 23
CONHECENDO.. 25
ACERTAR E ACERTAR.. 28
AS LEMBRANÇAS.. 30
O TROCO BEM DADO.. 32
SUPERFAMÍLIA.. 34
ENCONTRO INESPERADO.. 37
SURPRESA ADORÁVEL... 40
SURPRESA ATRÁS DE SURPRESA.................................. 43
OUTRO PEDIDO... 45
LEMBRANÇAS SÃO LEMBRANÇAS.................................. 47
ENFIM A SAÍDA... 50
NO HOSPITAL.. 54
A VIAGEM.. 58
LAS VEGAS... 60
AS LEMBRANÇAS MACHUCAM...................................... 63
DE VOLTA À CIDADE.. 65
IDEIA GENIAL... 68
A MÚSICA.. 70
O PAI MAL-AMADO... 73
UM GRANDE MÚSICO.. 75
DECLARAÇÕES DE AMOR.. 78
O ESCOLHIDO... 80
O PRETENDENTE.. 82
A NAMORADA FANTÁSTICA... 85
RUMO AO ENCONTRO.. 87
O DORMINHOCO.. 89

O DESCOBRIMENTO 92
ENFIM CHEGUEI 94
CONHECENDO A FAMÍLIA 97
CONVITE ACEITO 100
FALANDO DO FUTURO 106
VOCÊ ESTÁ AQUI? 108
CONVERSA IMPORTANTE 111
O ESQUECIMENTO 113
O NAMORADO DE MENTIRA 117
O ACIDENTE 119
HOSPITAL DE NOVO 122
CONFISSÃO EXPOSTA 127
SURPRESA 129
O BEIJO TÃO ESPERADO 131
A PREFERIDA É SEMPRE ELA 134
POR QUE NÃO TERMINA? 137
O CULPADO 139
A VERDADE 143
O RECOMEÇO 148
GRUDE OU AMOR 152

APRESENTAÇÃO DOS PERSONAGENS

Anthony Reyes: Tem 59 anos, viúvo, loiro, com olhos castanhos e barba.

Maya Reyes: Filha mais velha de Anthony, tem 21 anos, é loira e seus olhos são azuis. É a mais baixinha da família, tem o temperamento forte e ama animais.

Roberta Reyes: Filha mais nova de Anthony, tem 19 anos, morena e com os olhos cor de mel. É muito brincalhona, mas não leva desaforo para casa.

Coopyr: Tem 24 anos, olhos verdes e cabelo loiro. Ele gosta muito de música e ama aventuras. Coopyr é da mesma escola que as filhas de Anthony e está determinado a fazer de tudo para ficar com a garota com a qual ele sempre sonhou.

Harry: Tem 21 anos, olhos castanhos e cabelos tingidos de azul. Ele é meio-irmão de Coopyr e gosta de cantar e dançar. Harry é mais sensível, teimoso e sério. E assim como seu irmão, ele está apaixonado por uma garota.

Frupys: Pai de Coopyr e Harry. Tem cabelos castanho-claros, olhos verdes, alto com um corpo moreno e forte, atlético, frequentador assíduo de academia. Alto político, autoritário e muito rico.

Lype: Motorista da família, coordenador da casa e amigo dos meninos.

Ray: Amiga de Roberta, cresceram juntas, tem a mesma idade e algumas diferenças com Maya.

CADÊ A CHAVE?

NARRADOR: Anthony e suas duas filhas, Maya e Roberta, são moradores novos na cidade. As meninas estão em fase de adaptação e conhecendo os seus novos colegas de escola.

Anthony: — Meninas!!!!! Vamos, desçam e venham tomar o café da manhã, que já está pronto. Está quase na hora de ir para o novo colégio.

Roberta: — Oi, pai, tudo bem? O que você fez? Café? Que bom! Vamos tomar café hoje!

Anthony: — Garota! Qual é? Tem café todo dia. Cadê a sua irmã? Nós estamos atrasados!

Roberta: — Todo dia uma vírgula. Desde a morte da minha mãe, não fazemos mais café. Todos os dias fazíamos café, quando ela ainda estava viva.

Anthony: — Tá, mas cadê a sua irmã?

Roberta: — Você sabe onde ela está, não sabe? Então, por que pergunta?

Anthony: — Ah não!!! Ela está dormindo? Só pode ser. De jeito nenhum, já estamos bem atrasados. Aff!!! Fica aqui. Eu vou chamá-la.

Roberta: — Não, papai, pode pegar o carro que euzinha vou chamá-la.

NARRADOR: Olhou para ela e disse: "Está bem". Roberta pegou duas tampas de panela, subiu as escadas e foi para o quarto de sua irmã. Enquanto isso, Anthony procura a chave do carro, perguntando a si mesmo: "Cadê esta chave?". Um tempo depois, ele encontra a chave e liga o carro. Roberta entra no quarto de Maya e bate as tampas das panelas, uma contra a outra, fazendo um grande barulho. Assustada, Maya grita e cai da cama.

Maya: — Aiii, Roberta!!!

Roberta: — O que foi?

Maya: — Precisava disso?

Roberta: — Sim. Esse é o melhor jeito de acordar alguém e o mais divertido.

Maya: Revira os olhos: — Você vai ver.

Roberta: — Tá bom! Então, se veste logo para a escola. E não volte a dormir, porque vai ser pior para você.

Maya: — Irmãs!!! Por que eu não sou filha única?

Roberta: — Estou ouvindo!!! Eu não sei se você me ama?

NARRADOR: Maya bate a porta na cara dela e fica pensando em como se vingar.

Roberta: — Que gracinha, acordou bravinha? O que eu fiz? Eu não fiz nada, absolutamente nada. Bora, pai.

Anthony: — E sua irmã?

Roberta: — Melhor nós irmos para não nos atrasarmos. Ela está demorando muito. Não sei que dia e nem que horas ela vai terminar de se arrumar. Depois a Maya vai.

NARRADOR: Anthony olha as horas. Eles entram no carro.

Anthony: — Ok! Vamos, pois já estamos atrasados.

Roberta: — Vamos.

Anthony: — Chegamos. Boa aula e se comporte.

Roberta: — Eu sou uma garota bem comportada. Até.

NARRADOR: Será que a Maya vai conseguir chegar na escola a tempo de assistir às aulas?

NA FACULDADE

NARRADOR: Anthony sai e vai para o escritório. Maya desce as escadas já pronta e não vê ninguém.

Maya: — Povo! Ué! Cadê o povo? Vou procurar, devem estar no carro. Ah não! Por favor, não, não está acontecendo isso!!! Afffff!!! Ela vai me pagar!!!

NARRADOR: Enquanto isso Roberta, prestando atenção na aula, se distrai olhando para o Harry, e morde seus lábios.

Roberta: — Quem diria, tem um gato na sala.

Professor: — A senhorita, está querendo falar alguma coisa?

Roberta: — Não.

Professor: — Hum!!! Então fica quieta.

Roberta: — Claro, querido professor!

Professor: — Quê?

Roberta: — Nada.

NARRADOR: Maya chega na sala, e vê que o professor está distraído, então entra escondida.

Professor: — Atrasada!

Maya: — Mas o que você tem a ver com isso?

Professor: — Sou seu professor, mocinha, e você tem que me respeitar. Por faltar com isso, você terá de compor uma música.

Maya: — Ok, fácil!!!

Professor: — Que bom!

NARRADOR: Final da aula. Maya sai com Roberta.

Harry: — Uau! Que gata! — Fica olhando para Maya.

Roberta: — Você sabia que tem duas pessoas novas aqui? E uma delas é um gato, muito lindo! Eu acho que eu estou apaixonada.

Maya: — Que bom que você está apaixonada, mas temos de voltar. Então, não vai rolar nada. Vamos voltar para nossa cidade, daqui a pouco.

Roberta: — Você sempre corta o meu barato.

Maya: — Ah! E por falar em cortar, você vai ver o que eu vou fazer com você agora.

Roberta: — Eu? O que eu fiz?

Maya: — Você sabe muito bem. Então é melhor correr, porque se eu te alcançar eu vou te matar.

NARRADOR: Roberta sai correndo e grita para Maya.

Roberta: — Não!!! Eu sou sua irmã, por favor, você não vai fazer isso.

CORRE QUE EU TE PEGO

Maya: — Pode correr que eu vou te pegar e retribuir tudo que você aprontou hoje comigo, em dobro.

NARRADOR: Roberta continua correndo, procurando um lugar para se esconder, mas tropeça e cai machucando o tornozelo. Chorando, ela grita de dor.

Roberta: — Aaiiiiiiiii!!!

Maya: — O que foi?

Roberta: — Não está vendo? Machuquei o tornozelo. Dói muito!!!

Maya: — Sim, mana, vai ficar tudo bem.

Roberta: — Tudo isso é por sua culpa.

Maya: — Minha?

Roberta: — Sim! Aiiiiiii!!!

Maya: — Você precisa se levantar. Vem, eu te ajudo.

Roberta: — Ajudar assim, como você me ajudou hoje, correndo atrás de mim.

Maya: — Quieta.

Roberta: — Não mexe! Não me toque! Dói muito!!!

Maya: — Mas você tem que ficar de pé.

Roberta: — Não, por favor! Está doendo muito.

Maya: — Mana, vai ficar tudo bem.

Roberta: — Promete?

Maya: — Claro que sim. Prometo!

Roberta: — Vamos ver no que vai dar.

Maya: — Ok! Levanta, eu te seguro.

Roberta: — Sim. Aiiii!!! Não consigo, doí muito.

Maya: — Bom, vou ter que te carregar para chegarmos em casa.

Roberta: — Ok! Então me ajuda.

Maya: — Está bem.

Roberta: — É para hoje ou é para o Natal?

Maya: — Calminha!!! Estou pensando como fazer.

Roberta: — Não foi você que se machucou!!!

Maya: — Tem razão.

Roberta: — Eu sempre tenho razão.

Maya: — Vamos, passa os braços em torno do meu pescoço e eu vou ajudá-la a ficar de pé. Força!!!

Roberta: — Tá bom.

Maya: — Muito bem. Agora passa um na minha cintura e o outro nos meus ombros e evita colocar o pé machucado no chão. Vamos devagarinho e você apoia em mim. Certo?

Roberta: — Vou tentar. Espero que dê certo e que o meu pé não doa.

A DESCULPA

NARRADOR: Com muito cuidado, Maya consegue levar Roberta para casa. Anthony, ao vê-las e percebendo o pé inchado de Roberta, já questiona.

Anthony: — Quem fez isso com você?

Roberta: — Eu tropecei e caí, porque alguém estava correndo atrás de mim. Você sabe quem é? Certo?

Anthony: — Maya!!!

Maya: — O que que eu fiz? Justo eu? Eu não fiz nada, ela caiu porque caiu. Saiu correndo e não olhou onde pisou.

Anthony: — Eu conheço vocês. E sei muito bem quem corre e quem não corre. Então não venha com essa, ok!?

Maya: — Você está imaginando muita coisa. Eu não fiz nada com ela, muito menos corri atrás dela.

Anthony: — Não, imagina!!!

Maya: — Tá bom, vamos acabar com isso. Eu corri atrás dela, sim, por causa do que ela fez comigo.

Roberta: — Fala!!!

Maya: — Ela me acordou hoje de manhã batendo tampas de panelas. Me deu susto tão grande que cai da cama. E depois, ela me fez correr daqui de casa até a faculdade. Lembra? Vocês me deixaram para trás! Por que vocês não podiam esperar eu me aprontar?

Anthony: — Que bom! Correr faz muito bem para a saúde.

Maya: — Até você?

Anthony: — Na próxima vez, tente dormir menos.

Maya: — Agora você vai implicar com o meu sono?

Anthony: — Não.

Maya: — Que ótimo!

Anthony: — O quê?

Maya: — Que não vai implicar.

Anthony: — Claro, que não! Mas quando você tiver o seu namorado, este sim vai implicar com o seu sono, minha querida.

Maya: — Cruz credo!

Anthony: — Asseguro que sim.

Maya: — Pare com toda essa bobagem.

NARRADOR: Anthony cai da risada e Maya acaba rindo também.

Roberta: — Aproveita, Maya, que o pai está certo. O raio não cai no mesmo lugar.

Anthony: — O raio não cai duas vezes no mesmo lugar. Vamos colocar gelo nesse tornozelo e enfaixá-lo. Você precisa repousar, até desinchar. Amanhã, já estará bom.

CONHECENDO

Maya: — Fui — revirando os olhos.

Roberta: — Uai! Ficou brava!

Anthony: — Bom, você tem que descansar para ficar melhor, o mais rápido possível.

Roberta: — Ok, papi! Obrigada por cuidar de mim.

Anthony: — De nada, minha flor.

NARRADOR: Enquanto isso, Maya decide sair para passear e, distraída, acaba esbarrando em Harry.

Harry: — Oi, gata, tudo bem? Se machucou?

Maya: — Não, eu estava um pouco distraída. Pensando melhor, eu estava muito distraída e nem vi você. Desculpa, quem é você?

Harry: — Meu nome é Harry.

Maya: — Encantada em conhecê-lo.

Harry: — Qual é o seu nome?

Maya: — Meu nome é Maya.

Harry: — Que nome lindo.

Maya: — Obrigada.

Harry: — Tchau! Eu tenho que ir!

Maya: — Até o próximo esbarrão.

Harry: Olha para ela rindo.

NARRADOR: Enquanto isso Roberta descansa e Anthony faz tapioca. Maya continua andando, sonhando em voltar para sua cidade e acaba dando outro esbarrão em outro jovem.

Maya: — De novo!!! Hoje, literalmente, é o dia dos esbarrões

Coopyr: — Ha! Ha! Ha!!!!

Maya: — Você só ri?

Coopyr: — Você é muito engraçada.

Maya: — Você só sabe falar isso?

Coopyr: — Bom, eu não esbarrei em ninguém hoje.

Maya: — Tinha que aparecer você, né? Saia do meu caminho, Juvenal!!!

Coopyr: — Antes, me fala o seu nome.

Maya: — Não. Não vou falar e pronto.

Coopyr: — Você não quer me falar mesmo o seu nome?

NARRADOR: Coopyr segura o braço de Maya, impedindo que ela vá embora.

Maya: — Me solta!!!

Coopyr: — Qual o seu nome?

NARRADOR: Maya dá um puxão com força, mas Coopyr a segura forte. Então, ela dá um pisão forte no seu pé.

Coopyr: — Aiiii!!!

Maya: — Solta!!! Se você não quiser levar mais.

NARRADOR: Coopyr segura mais apertado. Então, Maya chuta-o novamente.

Maya: — Me solta, senão eu vou gritar.

Coopyr: — Menina! Eu só perguntei qual é o seu nome? Não precisa de escândalo. É só me responder, assim você pode ir para onde quiser.

Maya: — Chato!!!

Coopyr: — Você se chama Chato! Muito legal e engraçado!!!

Maya: — Sim.

Coopyr: — Eu sei que esse não é o seu nome. É tão difícil, assim, falar o seu nome ou você não sabe como se chama?

Maya: — O meu nome é... Então, eu quero ver se você adivinha.

Coopyr: — Moleza! O nome da princesa já está no papo.

Maya: — Ah!!! Lembrando que você só vai ter três chances. Se você errar vai ter de imitar um animal de pijama, na frente de todos.

Coopyr: — Você pega pesado, hein? Mas eu aceito o desafio. Se eu ganhar, eu quero algo.

Maya: — Fala? O que você quer?

ACERTAR E ACERTAR

NARRADOR: Coopyr olha bem para ela e fica pensando, como se procurando lembrar o seu nome.

Maya: — Fala logo.

Coopyr: — Calma. Mahal Reces.

Maya: — Muita criatividade!

Coopyr — Acertei, sou incrível.

Maya: — Não.

Coopyr – Hummm...

Maya: — Vamos lá.

Coopyr — Calma aí, seu nome é bem difícil.

Maya: — Imagina!

Coopyr: — Pois é. Maya Rodriguez.

Maya: — Não.

Coopyr: — Maya Pipoca.

Maya: — Até que você é engraçado — diz rindo.

Coopyr: — Isso!!!

Maya: — Isso o quê?

Coopyr: — Eu consegui fazer você sorrir, e olha que o seu sorriso é brilhante.

Maya: — Bobo! Eu acho que você não tem mais nenhuma chance. E chega de tentar!!! Porque você gastou todas.

Coopyr: — Só uma! Que malvada.

Maya: — Vai logo. Só mais uma chance.

Coopyr: — Sim???

NARRADOR: Num impulso rápido, Coopyr beija Maya, que retribui.

Maya: — Mas não era para você me beijar. Era só para você acertar o meu nome.

Coopyr: — Mas você até que gostou? Caso não gostasse, você não teria retribuído. Você não resistiu ao meu charme e nem ao meu beijo, que foi magnífico. Reconhece.

Maya: — Eu mereço! Quem te deu a liberdade para me beijar?

Coopyr: — Você gostou, só não quer admitir. Porém, eu tenho um sinal que prova que você gostou e quer mais.

Maya: — Até agora, você não acertou, então eu vou indo. Não me procure. Que bom que você não sabe onde eu moro!

Coopyr: — Maya Reyes.

Maya: — Você acertou! Bem, o que você quer em troca?

Coopyr: — Isso.

NARRADOR: Coopyr se aproxima de Maya, puxa-a pela cintura e, quando os seus rostos se encostam, dá outro beijo quente nela. Maya, mordendo os lábios, se afasta.

Coopyr: — Viu?

Maya: — Vi o quê?

NARRADOR: Maya chuta Coopyr, que desvia.

Maya: — Sai do meu caminho.

Coopyr: — Ok, Madame! Mas antes eu roubo um beijo.

Maya: — Parece que não reconhece uma boca que está indo para sua casa.

Coopyr: — Que beijo incrível!!!

AS LEMBRANÇAS

NARRADOR: Coopyr não consegue esquecer o beijo, e a imagem de Maya não sai de sua cabeça. Ele lembra constantemente do encontro.

Coopyr: — Que incrível aquele dia!

Harry: — Que dia?

Coopyr: — Não é nada não! Só estava pensando naquela novela. O capítulo de hoje foi muito top. E onde você estava que não viu?

Harry: — Ah! Eu não vi. Acabei esquecendo.

Coopyr: — Se não fosse isso, não seria você.

Harry: — Ha! Ha! Ha!!!

Coopyr: — Pois é, né? E aonde você vai amanhã?

Harry: — Eu vou sair, mas não defini ainda.

Coopyr: — Com quem?

Harry: — Com as pernas.

Coopyr: — Nossa!!! Tão engraçadinho.

Harry: — Eu sei. Muito aplicado, é o meu papel de humorista na faculdade.

Coopyr: — Que beijo ela tem! Quero encontrá-la de novo. Na verdade, eu vou. Ela, com certeza, foi formada na arte do beijo.

Harry: — Beijo de quem?

Coopyr: — De um robô que estou namorando.

Harry: — Humm.

Coopyr: — Romântico isso, não?

Harry: — Se você acha? Eu prefiro uma mina de verdade, mas tem gosto para tudo neste mundo.

Coopyr: — Ha! Ha! Ha!!! A minha mina é a gata mais linda que você já viu.

Harry: — Quando você vai apresentá-la?

Coopyr: — Assim que eu descobrir o seu endereço. Não, vai ser logo. Ela combina comigo.

Harry: — Então, você a conheceu recentemente?

Coopyr: — Você não vai acreditar, mas eu fui atropelado pela gata.

Harry: — Ha! Ha! Ha!!! Uns são pegos pelo laço. Agora, ser fisgado por atropelamento, nunca tinha ouvido falar. É a primeira vez. E você causou o mesmo efeito nela?

Coopyr: — Eu a beijei e ela correspondeu. Não fui rejeitado.

Harry: — Boa sorte!!! Achar o endereço, para você, é moleza, basta usar as fontes disponíveis. Tchau!!!

Coopyr: — Tchau!!!

O TROCO BEM DADO

NARRADOR: Roberta está dormindo. Enquanto isso, Maya, já acordada, coloca em ação um plano para assustar sua irmã. Ela pinta a sua cara, que lembra um pesadelo que Roberta tem tido com certa frequência e do qual sempre acorda assustada. Ela vai até o quarto de Roberta e a assusta.

Roberta: — Aiaiaiaaaa!!! Socorro, Pai!!!!

Maya: — O troco está dado.

Roberta: — Não acredito! O que é isso?

Maya: — Ha! Ha! Ha!!!

Roberta: — Por que você está fazendo isso?

Maya: — Porque você me deu um susto outro dia. Lembra ou você também sofre de amnésia?

Roberta: — Ah, tá.

Maya: — Gostou do troco?

Roberta: — Claro.

Maya: — Quer mais?

Roberta: — Não. Daqui a pouco, você me mata de susto e eu não fiz nada disso com você.

Maya: — Você não me matou? Você não sabe de nada.

NARRADOR: Enquanto falava, Maya apertava as bochechas de Roberta, que pega um travesseiro e bate em Maya.

Maya: — Eii!!! Para com isso!!!

Roberta: — Ahhhhhhhhhhhhh!!!!! — com a língua de fora.

Maya: — Se você soubesse a verdade!!!

Roberta: — Você vai perder algo? Por que não me fala sobre isso?

Maya: — Não sei.

Roberta: — Acho que você não confia em mim. Que verdade?

Maya: — Que você é a minha irmã favorita.

Roberta: — Ha! Ha! Ha!!!

Maya: — Era legal ser filha única, mas você nasceu.

Roberta: — Olha no que deu.

NARRADOR: Maya abraça a irmã. Roberta retribui o abraço e faz cócegas em Maya, e as duas começam a dar risadas.

Maya: — Sabia que você trouxe luz à minha vida?

Roberta: — Eu não sou seu namorado.

NARRADOR: Feliz, Maya aperta as bochechas da irmã, que se desvencilha e olha dentro dos seus olhos.

Roberta: — Isso é verdade?

Maya: — O quê?

Roberta: — O que você me disse agora.

Maya: — Não é?

Roberta: — Eu perguntei primeiro. Por que você não me fala sobre isso?

Maya: — Eu beijei uma pessoa.

Roberta: — Quem?

Maya: — Uma pessoa, uai! Não sei o seu nome. Eu estava caminhando distraída e dei um esbarrão nele, mas ele sabe o meu nome.

SUPERFAMÍLIA

NARRADOR: Anthony procura as filhas e as convida para um passeio.

Anthony: — Roberta e Maya, vamos sair só nós três, como uma família, ok?

Roberta: — Sim.

Maya: — Topo.

Anthony: — Então, depois de se aprontarem, vão para sala, que eu estarei lá esperando por vocês.

Maya e Roberta: — Ok.

NARRADOR: Roberta terminando de se arrumar, coloca um bracelete preto com detalhes dourados, uma blusa de renda preta, calça jeans e um salto, e assim desce para a sala.

Roberta: — Cheguei, cadê vocês?

Maya: — Aqui!!!

Roberta: — Precisa gritar? Parece que é surda.

Maya: — Kkkkk...

Roberta: — Você não vai se arrumar? Vai sair de pijama para o passeio? Meu Deus!!! Pensa no que o pai vai falar.

Maya: — Claro que eu vou me arrumar, mas antes eu quero um lanchinho.

Roberta: — Anda logo.

Maya: — Calma.

Roberta: — Calma nada, foi você que me apressou, não tenho calma para esperar por você.

NARRADOR: Maya mostra a língua para Roberta e sobe para se aprontar. Anthony desce de terno e sapatos azuis.

Roberta: — Nossa, que Gato.

Anthony: — Cadê a sua irmã?

Roberta: — Casando com um pretendente pelo qual ela está muito apaixonada. Então, ela foi para a igreja sem nos dizer nada.

Anthony: — Ha! Ha! Ha!!! Que ótimo. Será que ela dirá não ao pedido?

NARRADOR: Maya vai ao banheiro se arrumar. Coloca uma tiara em seu cabelo, uma saia preta, uma blusa cor-de-rosa, botas e um cinto dourado com detalhes prata. Maya desce e vai ao encontro da família.

Anthony: — As minhas duas princesas estão mais lindas do que nunca. Vamos!!!

Roberta: — Para onde nós vamos, papi? Você não disse nada.

Maya: — É uma surpresa. Você só saberá quando chegar.

Roberta: — Eu perguntei para o papi, e não para você.

Anthony: — Calma, muita calma. Sem discussão. Já estamos quase chegando. Vai ser uma surpresa para as duas. Faz tempo que nós não fazemos um programa assim.

Roberta: — Ah!!! Então, vai ser muito legal. O que você me diz, Maya?

Maya: — Não sei. Você vai apresentar uma namorada para nós, pai?

Anthony: — De onde você tirou essa ideia, filha?

Maya: — Você está muito misterioso.

Anthony: — Queridas, desde que mudamos para esta cidade, não fizemos nenhum passeio em família. Por isso, resolvi que hoje seria um bom dia para irmos ao Shopping. O que vocês acham?

Roberta: — Vai ser ótimo, papi. Vou me divertir muito.

Maya: — Para mim tudo bem. Vou aproveitar e olhar as roupas das vitrines, quem sabe tem algo diferente de que eu goste.

ENCONTRO INESPERADO

NARRADOR: Anthony as leva para o Shopping e se divertem muito lá.

Roberta: — Eu estou com fome.

Anthony: — Eu também.

Maya: — Então vamos comer.

NARRADOR: Eles caminham até a Praça de Alimentação do Shopping, e justo o menino que havia beijado Maya entra no mesmo Shopping para comprar um presente para ela. A loja fica perto da Praça de Alimentação, mas ele não reparou na sua presença. Maya e Roberta comem pizza e seu pai um churrasco. Coopyr compra um presente para a garota que mexeu com o seu coração e sai andando. Maya, distraída olhando as roupas da vitrine, acaba esbarrando em Coopyr, que deixa as sacolas caírem no chão, por causa do esbarrão.

Maya: — Desculpa, eu estava distraída, deixa que eu pego, fui eu que derrubei.

Coopyr: — Não, pode deixar que eu pego (abaixando e pegando as sacolas, sem que ela perceba). Pronto!!! Bom, se você ficar me perseguindo por aí, me dando esbarrão, nós dois vamos acabar juntos.

Maya: — Me erra, garoto!!! Não foi por querer, eu estava olhando as roupas na vitrine e foi você que esbarrou em mim.

Coopyr: — Acordou com o pé esquerdo hoje, né? Vem aqui, para eu dar um beijo para você melhorar o humor.

Maya: — Quem diria, hein? Você gosta de fazer compras — diz Maya, olhando para as sacolas.

Coopyr: — Essas sacolas não são minhas.

Maya: — Então, de quem é?

Coopyr: — Você é curiosa, hein?

Maya: — Fala!!!

Coopyr: — Ok, são da minha namorada. NARRADOR: Roberta vai ao encontro da irmã e chega justamente no momento que Maya ficou sem graça com a resposta de Coopyr.

Roberta: — Vamos, mana!!!

Maya: — Sim. — Pisando no pé do Coopyr e saindo para o estacionamento.

Coopyr: — Toma cuidado para não esbarrar em mais alguém.

NARRADOR: Coopyr bola um plano para montar uma surpresa para Maya. Vai para o local, um jardim florido. Coloca tudo que comprou na grama. Pega as flores, coloca em uma mesa do jardim e de cada lado das flores duas velas acesas dentro de um pote de vidro. Como está entardecendo, as luzes das velas iluminam as flores e a mesa se destaca. Da calçada até a mesa, ele coloca pétalas de rosas vermelhas formando um caminho, levando até a mesa.

Coopyr: — Tenho certeza de que ela vai amar essa surpresa. Nossa, eu realmente sou romântico, o mano nem sabe que me apaixonei de verdade por esta garota.

NARRADOR: Enquanto isso, no Shopping, Anthony fica cabisbaixo, triste.

Roberta: — O que foi, pai?

Anthony: — Nada, amor.

Roberta: — Conta.

Anthony: — Eu não tenho namorada e acho que estou me sentindo um pouco sozinho.

Roberta: — Eu vou te falar uma coisa, pai.

Anthony: — O quê?

Roberta: — Eu não duvido que as mulheres se interessem por você, porque você desperta nas mulheres uma paixão triunfal, a qual elas não resistem. Resumindo: você é o terror das mulheres.

Anthony: — Será, princesa?

Roberta: — Claro.

NARRADOR: Coopyr está terminando de preparar a surpresa e, quem diria, seu irmão Harry está fazendo outra surpresa também para Maya.

SURPRESA ADORÁVEL

NARRADOR: Assim que a família Reyes chega em casa, Maya pega seu skate e sai para dar uma volta. Durante o percurso, ela acaba chegando num jardim florido, para e fica observando o lugar, quando percebe a mesa com as flores e iluminada pelas velas.

Maya: — Ah!!! Que lindo!!! O que é isso?

NARRADOR: Ela chega mais perto com o skate na mão e anda com cuidado, para não estragar o caminho de pétalas. Ela fica encantada com tudo aquilo. Coopyr fica observando-a, escondido.

Maya: — Nossa!!! A pessoa que fez isto tem uma criatividade muito romântica.

NARRADOR: Coopyr nota que ela está parada no local indicado, onde ele marcou. Aperta o play e o drone, que está acima e um pouco à frente de Maya, começa a soltar os balões coloridos e em seguida rosas e a faixa com a frase: "Maya, te amo para sempre".

Maya: — Uau!!! Eu não apertei nada.

NARRADOR: Maya deixa cair algumas lágrimas, emocionada com a beleza da surpresa.

Maya: — Que lindo, só pode ser o...

Coopyr: — Buuuu!

Maya: — Que susto, garoto. Foi você quem fez isso?

Coopyr: — Sim, para uma bela donzela.

Maya: — Você deve ter tido muito trabalho, não precisava, mas foi uma surpresa belíssima.

Coopyr: — Você é especial, uma Deusa.

Maya: — Obrigada.

Coopyr: — Eu mereço só isso?

Maya: — Não, né. — Beija-o. — Nossa, que pegada!!!

Coopyr: — Posso te falar uma coisa, Maya?

Maya: — Claro.

NARRADOR: Coopyr se ajoelha na sua frente.

Coopyr: — Você é minha paixão, meu raio de Sol. Você me mostrou o que é o amor. Você é muito especial e linda. Então, eu te pergunto: quer ser minha namorada para sempre?

Maya: — Posso pensar?

Coopyr: — Claro.

Maya: — Gostei da surpresa, mas tenho que ir para casa.

Coopyr: — Ok.

NARRADOR: Coopyr a beija com mordidinhas e suspira...

Coopyr: — Vou ficar esperando o "Sim", ok? Tchau!

Maya: — Em breve, falaremos.

Coopyr: — Pega, este urso é para você.

Maya: — Obrigada. Lindo, adorei o presente.

NARRADOR: Maya sobe no skate, abraçada ao urso, e vai seguindo em frente, pensando no que acabou de acontecer. Quando volta para a realidade, percebe que está numa rua sem saída. Olha ao redor, procurando a melhor maneira para voltar para casa. Vê uma pedra grande e vai até lá. Olhando atentamente para a pedra, acha estranho, pois tem um laço de corda escrito "Maya".

Maya: — Que legal, todos aprenderam a escrever meu nome.

NARRADOR: Maya chega mais perto da pedra e, curiosa, puxa o laço de corda que rodeava a pedra e, sem entender como, abre-se um buraco e ela escorrega para dentro do buraco. Maya grita sem parar e reza, enquanto escorrega muito mais rápido, sem saber quando ia parar e para onde estava indo.

SURPRESA ATRÁS DE SURPRESA

NARRADOR: Maya cai em cima de umas almofadas em formato de coração, mas não consegue abrir os olhos para ver o que está acontecendo. Quando sente que caiu em algo bem fofinho e macio, ela cria coragem, abre os olhos e procura olhar em volta e descobrir onde está. Fecha os olhos e abre novamente, para se acostumar com a escuridão do lugar.

Maya: — Que lugar é esse? E por que está tudo escuro? Que medo. Bom, eu vou esperar os meus olhos se acostumarem com a escuridão e depois vou procurar uma maneira de sair daqui. Mas por que tem essas almofadas aqui, será que tem alguém aqui?

NARRADOR: Após alguns minutos, Maya levanta e começa a procurar uma saída, quando ela depara com uma luz romântica, azulada.

Maya: — O que é isso? Luz romântica neste lugar escuro?

NARRADOR: Ela segue para o caminho com a iluminação azulada e vê uma mesa com ursos, que tanto gosta, flores entre eles e velas decorativas azuis.

NARRADOR: Maya acha que é o Coopyr e pensa que ele está pressionando-a demais. Será? Será que é o Coopyr, mesmo?

Maya: — Que maluco!!!

Harry: — Quem é maluco?

Maya: — O quê? Eu não falei maluco. Que susto, o que você está fazendo aqui?

Harry: — Gostou da minha surpresa, gatinha?

Maya: — Foi você quem fez tudo isso? Mas isso é jeito de fazer surpresa? Não sei se percebeu, eu quase morri de susto.

Harry: — Sim, mas o que importa é saber se você gostou?

Maya: — Não sei. Estou em choque ainda devido ao susto. Você preparou isso tudo sozinho? Você mora aqui?

Harry: — Não moro aqui. Sim, eu fiz tudo sozinho para minha linda!!!

Maya: — Quem é ela?

Harry: — Você.

Maya: — Eu?

Harry: — Posso te dizer uma coisa?

Maya: — Depende.

Harry: — Depende do quê?

Maya: — Se for outro susto, eu não aguento.

Harry: — Ok, vamos nessa.

NARRADOR: Harry coloca-se na frente de Maya, ajoelha e, com uma caixinha de joia nas mãos, olha bem dentro dos seus olhos...

Maya: — Meu Deus!!! O que você pensa que está fazendo?

Harry: — Tenho mais uma surpresa para você, espero que goste e que diga um "Sim".

OUTRO PEDIDO

Harry: — Quer namorar comigo? Você é perfeita para mim. Sei que conversamos rápido naquele dia, mas eu já a havia visto na escola, sem que você percebesse. Você quer ser minha e de mais ninguém? Aceita este anel de compromisso?

Maya: — Uau, que anel lindo!!! Posso pensar?

Harry: — Sim.

Maya: — Combinado.

NARRADOR: Maya fica pensando: "Será que eu sou a única menina nesta cidade? Nem cheguei e tem dois malucos querendo namorar comigo".

Maya: — Vamos sair daqui? Aonde fica a saída?

Harry: — Sim, mas não consigo lembrar onde fica a saída. Você me ajuda a procurá-la?

Maya: — Então, por que você fez a surpresa aqui, se você nem sabe onde fica a saída?

Harry: — Vou lembrar, tenha um pouquinho de calma.

Maya: — Calma? Ok — disse, respirando fundo.

Harry: — Vou lembrar, mas de qualquer maneira você me ajuda a procurar, certo?

Maya: — Claro, mas se você lembrar receberá um presente que nunca mais vai esquecer em sua vida.

Harry: — O que você falou?

Maya: — Surpresa.

Harry: — Hummm!!! Tentando lembrar.

Maya: — As pessoas são muito estranhas.

Harry: — Que pessoas?

Maya: — Jura que você não sabe?

Harry: — Não.

Maya: — Mas você é um lerdo.

Harry: — Quê?

Maya: — Nada.

Harry: — Sei...

Maya: — Então, onde é a saída deste inferno? Afinal, você tem de saber.

Harry: — Eu já vou resolver essa questão.

Maya: — Vai ser para hoje ou amanhã?

Harry: — Calma, deixa eu pensar. Assim você me deixa nervoso e eu não consigo lembrar.

Maya: — Ok. Você tem cinco minutos para me tirar daqui.

Harry: — Sem pressão, para que eu possa recordar da saída. Ok?

NARRADOR: Anthony se pergunta onde está Maya. Está ficando tarde e ela não voltou. Liga para algumas amigas de Maya, mas nenhuma sabe informar onde ela está. Porém, decide descansar, pensando que talvez ela esteja na casa de um amigo que ele não tem o telefone e que logo voltará.

LEMBRANÇAS SÃO LEMBRANÇAS

NARRADOR: O dia amanhece ensolarado. Anthony acorda, veste um roupão e desce para ver se o dia de ontem havia sido somente um pesadelo ou se Maya estava dormindo no seu quarto. Ele vai até o quarto da filha e não a encontra, então se dirige para o quarto de Roberta.

Anthony: — Meu anjo, acorda!!!! — chacoalhando-a de leve. — Roberta, cadê sua irmã?

Roberta: — O que aconteceu, pai?

Anthony: — Cadê a sua irmã?

Roberta: — Pai, eu não sei. Ela não chegou? Não está na sua cama?

Anthony: — Não. Ela não vai chegar nunca. E agora, meu Amor?

Roberta: — Pai, vamos descer? Eu estou com fome.

Anthony: — Sim, querida.

NARRADOR: Eles descem para a cozinha e Roberta prepara a sua tapioca com café.

Roberta: — O que você vai comer, pai?

Anthony: — Vou fazer um sanduíche de bife. Será que ela volta para casa?

Roberta: — Sim.

Anthony: — Tomara!!!

Roberta: — Enquanto a mana não chega, o que você acha de cantar, assistir a um filme ou desenhar comigo?

Anthony: — Claro, Anjinho. Qualquer coisa para distrair.

NARRADOR: Enquanto isso, Harry e Maya ainda estão no buraco. Maya dorme abraçada ao Harry, num lugar bem quentinho em cima das almofadas. Harry observa-a dormindo e sorri ao vê-la em seus braços. Maya acorda.

Maya: — E aí, lembrou?

Harry: — Oi, Bela Adormecida!!! Eu lembrei.

Maya: — Aleluia!!! Que bom!!! Quero sair daqui e ir para casa. Estou com fome e sede.

Harry: — Só que não vai dar.

Maya: — Você é tão engraçado!!! Eu quero sair, agora.

NARRADOR: Harry encolhe os ombros, como se estivesse dizendo que não sabe. Maya bate no seu rosto, com raiva.

Harry: — Aiii!!! Doeu. Mas tudo bem. Então, vamos sair. Se nós dois procurarmos a saída juntos, vai ser melhor ou vamos ter que passar mais um dia aqui.

Maya: — Mais um dia, nada, só falta mais isso.

Harry: — Isso o quê?

Maya: — Você tem memória curta?

Harry: — Ha! Ha! Ha!!! E quem é que não me ajudou em nada? Agora vem falar que tenho memória curta, fica quieta e vamos procurar juntos a saída, pois o dia vai ser longo.

Maya: — Você me dá ranço, sabia?

NARRADOR: O tempo passa e nada de encontrarem a saída. São vários corredores que se cruzam no buraco e a escuridão não ajuda. Já não dá para saber se é dia ou noite, perderam toda noção de tempo.

Maya: — Estou cansada, faminta, com sede e nada. Vamos dormir, porque você nem por uma surpresa foi capaz de lembrar onde fica a saída.

Harry: — Você acha que aqui tem um portal mágico?

Maya: — Sim, que você nunca o encontrou e muito menos vai encontrá-lo. — Ela deita e dorme.

Harry: — Não acredito.

NARRADOR: Ao acordar, Maya está com frio e desesperada, resolve ela mesma procurar a saída do buraco. Ela caminha por horas, tentando encontrar a saída, e nada.

Maya: — Como ele é doido, fazer uma surpresa neste local. Até que achei diferente, mas assustador.

NARRADOR: Harry acorda e não vê Maya, então sai para procurá-la. Começa a chamá-la.

Harry: — Menina, você está aí? Cadê você? Criatura chata!!!

ENFIM A SAÍDA

Maya: — Nossa, que gritaria. Não sabe que aqui tem eco?

Harry: — Você está aí, te achei!!!

Maya: — Não, é um fantasma.

Harry: — Oxe, e quem está aqui do meu lado?

Maya: — Minha irmã gêmea. Mas você estava tão preocupado comigo, quem diria? Eu não sou uma menininha.

Harry: — Certo, você tem namorado?

Maya: — Não. Pode se concentrar no problema?

Harry: — Que problema?

Maya: — Aff!!!! A saída, onde fica? Quero ir para casa, meu pai deve estar preocupado com a minha ausência. Dá para entender?

Harry: — Eu? Agora sou eu!!!

Maya: — Isso, é o senhor mesmo. Vamos continuar procurando.

Harry: — Ei!!! Aumentando o passo. Eu estou indo.

Maya: — Positivo, mas vê se anda mais rápido.

Harry: — Ha! Ha! Ha!!!

NARRADOR: Harry puxa-a para mais perto e seus rostos ficam grudados. O coração de Harry acelera. Ele não consegue resistir a ela, então, cai na tentação e a beija, com muita pegada, mas é surpreendido com a reação de Maya, que retribui o beijo.

Harry: — Agora, é eu que fiquei parado?

Maya: — Sim, mas a sua boca não. Eu não te amo e nem gosto de você.

Harry: — Hum!!! Então, por que me beijou?

Maya: — Eu? Está ficando louco, só pode. Vamos achar a saída logo, chega de papo furado.

Harry: — Concordo, plenamente.

Maya: — Encontramos a saída. Amém.

Harry: — Quer um prêmio por ter encontrado?

Maya: — Viu, sou melhor que você.

Harry: — Ha! Ha! Ha!!!

Maya: — Por acaso você encontrou a saída mais rápido? Não, fui eu.

Harry: — Vamos logo, não quero ficar mais tempo preso com você.

Maya: — Melhor, porque eu quero distância das suas loucuras.

Harry: — Eu vou primeiro.

Maya: — Não, primeiro as damas, aprenda a ser cavalheiro.

Harry: — Ok. Pode ir.

NARRADOR: Maya prepara-se para sair e voltar a sua vida normal, mas a saída é escura e bem estreita, só dá para passar arrastando-se.

Harry: — Vamos, talvez conseguimos passar os dois.

Maya: — Você provavelmente é cego, né querido?

Harry: — Cego, como assim?

NARRADOR: Maya começa a abaixar para entrar no buraco e vê a mão de Harry, que pega na mão dela para ajudá-la.

Harry: — Cuidado.

Maya: — Ok.

NARRADOR: Maya fala para si mesma que é só um buraco, que vai conseguir passar bem rápido e não vai acontecer nada. Ela continua a repetir, tentando esquecer de que tem medo de lugares pequenos, apertados e escuros. Só que, no meio do caminho, ela fica paralisada pelo medo.

Harry: — Você está bem?

Maya: — Estou quieta, porque estou paralisada.

Harry: — Oi, tá aí? — Bate nela de leve.

Maya: — Sim. Aiii!!! Essa doeu! Por que você fez isso?

Harry: — Você estava muito quieta. Deveria me agradecer.

Maya: — Ahh, é!!! Nossa, obrigada mesmo.

Harry: — Vai logo. Você vai ou não?

Maya: — Já vou. Na verdade, tem uma coisa que você não sabe.

Harry: — Não temos todo o tempo do mundo.

Maya: — Ok. Eu consigo!

Harry: — Oxe, você fala sozinha?

Maya: — Vai cuidar da sua vida.

Harry: — Claro, depois que você ir.

NARRADOR: Enfrentando seus medos, ela se enche de coragem e entra no buraco para sair, mas começa a suar frio e a sentir falta de ar.

Harry: — Vai logo.

Maya: — Ok.

NARRADOR: Maya pensa: "Cadê minha mãe?", esquecendo que sua mãe já morreu há anos. Ela entra devagarzinho no buraco, tentando não desmaiar, respirando fundo, mas ela sente que não vai mais aguentar e desmaia, já febril.

Harry: — Vai de uma vez, ande logo? Eiiii!!! Você dormiu? Ótimo, não fale comigo, mas, pelo menos, anda.

NARRADOR: Harry, notando que ela não se move, toca nela, e vê que ela não reage. Nota que Maya está muito quente e se desespera. Ele deita junto dela, um pouco a frente, e começa a se arrastar, puxando-a devagarinho, até conseguir sair do buraco. Ele agacha e a pega no colo e a leva direto para o hospital, desacordada. Anthony dorme no sofá e acaba tendo um pesadelo, sonha que sua filha Maya pede por sua ajuda, desesperada. Roberta tenta acordá-lo.

Roberta: — Pai! Pai! Pai!

NARRADOR: Ele acorda e abraça sua filha.

Roberta: — Pai, você está bem?

Anthony: — Quero minha filha.

Roberta: — Calma, pai, vamos fazer de tudo para encontrá-la.

Anthony: — Ok, meu anjo.

NO HOSPITAL

NARRADOR: Harry chega ao hospital com Maya desacordada e pede ajuda, gritando que é uma emergência, que a garota está desmaiada e muito febril. Ele se desespera, pois não pensou que a sua surpresa terminasse assim. Maya é levada para o Setor de Emergência, onde é atendida. Assim que acorda, pede para o médico chamar o seu pai, passando o número do telefone. Enquanto isso, Harry está na recepção desesperado, esperando notícias dela. Após algum tempo, ele é avisado de que ela não quer vê-lo e que pediu para chamar o seu pai. Harry compreende que precisa dar um tempo e vai para casa.

Maya: — Aii!!! — Acordando dolorida.

Roberta: — Cuidado, mana.

Maya: — O que aconteceu?

Roberta: — Você não lembra?

Maya: — Não.

Roberta: — De nada? Fala logo!

Maya: — Não lembro.

Roberta: — O Harry te beijou na boca?

Maya: — Quem? E quem ele pensa que é pra me beijar?

Roberta: — Ha! Ha! Ha!!!! — mas com ciúmes.

Maya: — É brincadeira, né?

Roberta: — Não, ele te beijou sim, do mesmo jeito que o Hannol...

Maya: — Quem?

NARRADOR: Roberta ri sem parar.

Maya: — Arre!!! Que sem graça.

Roberta: — Eu achei engraçado. Promete que você vai ficar comigo pra sempre.

Maya: — Prometo.

Roberta: — Sempre?

Maya: — Juro.

Maya: — Algumas pessoas são estranhas.

Roberta: — Por quê?

Maya: — Por exemplo, o Harry é doido.

Roberta: — Ele está doido por você.

Maya: — As pessoas são muito estranhas, mana.

Roberta: — Humm! Descansa, mana, vou ficar aqui. Daqui a pouco você lembrará de tudo e aí você me conta, tá?

NARRADOR: Duas semanas depois, Maya sai do hospital já recuperada e lembrando de tudo que aconteceu, das surpresas, se sentindo confusa e ainda apavorada com tudo que passou.

Maya: — Aleluia!!! Ai que dor!

Roberta: — Calma, devagar. Você ainda está se recuperando de suas travessuras. Lembra que você prometeu me contar tudo.

NARRADOR: Anthony vai até as meninas, no quarto de Maya, e observa as duas.

Anthony: — Vamos voltar para nossa cidade.

Maya: — Que bom. Fico feliz!!!

Roberta: — Oxe, você está feliz?

Maya: — Óbvio.

Roberta: — Dá para ver que você quer sair desta cidade.

Maya: — Sim. Quero pensar um pouco sobre as coisas que aconteceram comigo e eu continuo pensando naquele buraco. Vai ser bom sair daqui.

Roberta: — Isso mesmo. Você passou por umas situações estranhas e, mesmo que não conte tudo, é melhor você descansar e melhorar.

Maya: — Sim, mana, eu prometo.

Anthony: — Vamos dormir, assim Maya se recuperará mais rápido.

Roberta: — Vamos.

Anthony: — Amanhã você consegue viajar, Maya?

Maya: — Sim, pai, vamos.

Roberta: — Hum, então até amanhã, beijos.

Anthony: — Beijos, durmam com os anjos!

NARRADOR: O dia amanhece chuvoso. Maya está dormindo, mas está com um sono muito pesado, tendo um sonho estranho. Então, ela grita tão alto, que até o seu pai escuta. Anthony corre para o quarto de Maya, preocupado, acordando-a.

Anthony: — O que foi, meu Tesouro?

Maya: — Tive um sonho estranho.

Roberta: — O que é isso, criatura? Não posso dormir em paz, não?

Maya: — Pode sim, idiota.

Roberta: — O que foi? Fala de uma vez.

Anthony: — Que sonho?

Maya: — Eu sonhei com os meninos.

Anthony: — Que meninos?

Maya: — Uns meninos, não preciso dar detalhes.

Anthony: — Precisa, sim.

Maya: — O Anselmo e o James.

Roberta: — Humm...

Anthony: — Quem são eles?

Maya: — São os meninos que estavam no meu pesadelo.

Roberta: — Sonho ou pesadelo? Pois, se fosse um sonho, não precisava o pai vir até aqui.

Anthony: — Acho que ela teve um pesadelo. Ok!!! Já passou, filha, daqui a pouco viajaremos, então vamos arrumar as malas.

Roberta: — Sério isso?

Maya: — Ok.

NARRADOR: Anthony vai para a cozinha e prepara o café da manhã das filhas e vai até elas.

Anthony: — Vamos voltar para nossa cidade hoje, você está com dor ainda?

Maya: — Aleluia! Sim, um pouco.

Roberta: — Vamos nos preparar para ir?

Maya: — Sim. Estou com saudades da minha cidade natal.

A VIAGEM

NARRADOR: Roberta se levanta, escolhe o look do dia para as duas e coloca as suas roupas na mala, em seguida faz o mesmo com as roupas de Maya. Escolhe roupas confortáveis e folgadas para a viagem.

Maya: — Eu amei esse look. Você é muito boa em escolher roupas.

Roberta: — Bom saber.

Maya: — Por que você não faz faculdade de moda?

Roberta: — Estou pensando ainda, e você?

Maya: — Não sei, talvez escritora.

Roberta: — Adorei a ideia.

Maya: — Vamos ver.

NARRADOR: Roberta desce as malas até o carro. Volta para ajudar a sua irmã a levantar e se vestir.

Maya: — Estou com medo, mana.

Roberta: — Não tenha.

Maya: — Ok.

Roberta: — Pai, Maya está com dores.

Anthony: — Peraí, que vou ajudá-la.

Roberta: — Ok, pai.

Anthony: — Vamos, filha, vou levá-la no colo.

Maya: — Ai!!!

Anthony: — Calma, Anjinho.

NARRADOR: Anthony pega Maya com cuidado, para não a machucar e desce com ela no colo, deixando-a no banco da frente do carro e depois leva o café da manhã para ela no carro. Assim, ela não fica se movimentando nem fica zonza, pela fraqueza que ainda sente.

Roberta: — Pai, por que ela vai ficar no banco da frente?

Anthony: — Porque você não está com dor.

Roberta: — Ah!!! Que pena.

Maya: — Por quê?

Anthony: — Ela queria ficar na frente.

Maya: — Vamos ficar aonde, pai?

Anthony: — Surpresa! Termina o seu café para irmos.

Maya: — Ok. Já terminei.

Anthony: — Fica aqui quietinha, que já volto. Vou levar esse prato, a xícara e trancar a casa. Agora estamos prontos para pegar a estrada.

LAS VEGAS

Anthony: — Vamos para a cidade de Las Vegas, nossa cidade natal.

Roberta: — Que bom!!!

Maya: — Que ótimo!!!

Anthony: — Quanto entusiasmo! Por quê?

Maya: — Tenho que pensar melhor em algo.

Roberta: — Já sei o que é.

Anthony: — Eu acho que também sei.

Roberta: — Não é isso que vocês estão pensando.

Anthony: — Quem disse que eu estava pensando em algo, eu só disse que já sei quem é.

Roberta: — Quem é? Me fala.

Anthony: — Las Vegas!

NARRADOR: A família está viajando para a cidade de Las Vegas, já fazia anos que tinham saído de lá, depois da morte da mãe de Maya. Embora elas não lembrassem tão bem de Katryny, mãe de Maya, Anthony se lembrava direitinho, até da cor que ela mais gostava.

Anthony: — Estamos chegando em Las Vegas.

NARRADOR: Roberta, que acaba de acordar, ouve seu pai e tenta acordar a irmã bem devagarinho para não a machucar. Enfim, Roberta consegue acordá-la e dá a grande notícia.

Roberta: — Chegamos.

Maya: — Que rápido!

Roberta: — Foi muito rápido. Pai, onde vamos ficar?

Anthony: — Em casa. Ainda dirigindo.

Maya: — É a casa da mãe?

Anthony: — Sim, filha.

Maya: — Podíamos mudar de casa.

Anthony: — Enfim chegamos. — Desce do carro triste, por ter se lembrado da Katryny.

Roberta: — Você está bem, pai?

Anthony: — Sim, Vida.

Roberta: — Hum, você está assim por causa da mãe.

Anthony: — Um pouco.

Roberta: — Como era a mãe?

Anthony: — Ela era linda e tinha gosto bem diferente do chamado normal, sabe?

Roberta: — Como?

Anthony: — Ela tinha os cabelos azuis com uma mecha verde e olhos cor de mel. Adorava aventuras e gostava de desafios.

Roberta: — Você tem uma foto dela para eu ver, por favor?

Anthony: — Sim, muitas. Mas primeiro vamos ajudar Maya a sair do carro e depois pegar as malas.

Roberta: — Combinado, também estou com fome. Podemos comer?

Anthony: — Claro, Anjinho. Assim que descermos e colocarmos as malas nos quartos, preparamos algo para comer.

Anthony: — Maya, espere um pouquinho, que eu vou abrir a casa, aproveito para levar algumas malas e volto para pegá-la.

Roberta: — Pai, deixa que eu levo as malas. Está bem?

Anthony: — Certo. Vou abrir a porta e volto para pegar a Maya.

NARRADOR: Anthony carrega Maya até a sala e a coloca no sofá. Olha em volta e todas as lembranças voltam em sua memória. Lembranças felizes e tristes.

AS LEMBRANÇAS MACHUCAM

NARRADOR: Anthony e Roberta levam as malas para os quartos. Abrem as janelas para arejar a casa, que ficou muito tempo fechada, e dirigem-se para a sala. Anthony pega os álbuns de fotos antigas da família e se senta junto de Maya e Roberta no sofá. Anthony mostra para ela a foto da mãe.

Roberta: — Que bonita, pai.

Anthony: — Ela era a gata mais bonita da escola.

Roberta: — Aonde vocês se conheceram?

Anthony: — Na faculdade, mas começamos a namorar na casa de um amigo.

Roberta: — Que legal.

Anthony: — Foi tão perfeito quando namorávamos. Eu não podia imaginar minha vida sem ela até que o dia chegou. Ela me deixou e eu não sabia o que fazer, eu fiquei sem chão. Ela era tudo para mim. Mas pelo menos ela me deu uma família e foi a primeira mulher da minha vida. Mesmo que eu encontre outra pessoa, eu nunca vou esquecê-la, nem a tirar dos meus pensamentos. — Lágrimas escorrendo dos seus olhos.

Roberta: — Pai, você não precisa continuar falando.

Anthony: — Mas eu quero contar para você. Quando nos casamos, foi uma comédia, ninguém sabia e o meu pai era o maior inimigo da minha amada. Logo após o casamento, fomos arrumar as malas e os nossos pais perguntaram para onde íamos. Então, contamos que havíamos acabado de se casar. A surpresa foi tão grande, que ficaram em choque.

Roberta: — Vocês viajaram?

Anthony: — Sim, contra a vontade de todos, mas viajamos. Foi uma viagem incrível, inesquecível. Depois nasceu Maya, e depois você. Eu ganhei uma família linda, como eu sempre sonhei.

Roberta: — Bom, esta história é linda, mas nós temos uma menina para levar para o quarto. Vamos ajudar Maya a deitar.

Anthony: — Sim. Mas depois de ajudar Maya a deitar, eu tenho uma coisa para te falar.

Roberta: — Depois você me fala. Agora nós temos que ajudá-la a tomar banho e deitar para descansar da viagem.

NARRADOR: Anthony carrega Maya até o seu quarto e deixa-a com a Roberta, que a ajuda a tomar banho e deitar. Anthony resolve dar uma volta na casa e relembrar tudo que ali viveu até a morte de sua amada, depois vai para o seu quarto tomar um banho e descansar da longa viagem.

Roberta: — Agora que você está linda e cheirosa, descansa para ficar bem forte.

Maya: — Obrigada, mana, pela ajuda. Esta casa me traz muitas lembranças. Vai ser um pouco difícil reconciliar com o passado sem a mãe.

Roberta: — Vamos fazer o melhor, pois assim ajudamos o papi a superar as lembranças ruins.

Maya: — Você tem razão. Para ele é muito mais difícil. Vamos ajudá-lo.

NARRADOR: Roberta entra no quarto do pai, que está deitado pensativo, e avisa que vai fazer um lanche para todos, enquanto ele e Maya descansam um pouquinho.

Roberta: — Papi, é para descansar, nada de ficar relembrando o passado, ok?

Anthony: — Certo, querida. Mas lembra que eu tenho que falar uma coisa para você.

Roberta: — Ok, papi. Depois que lancharmos.

DE VOLTA À CIDADE

NARRADOR: Sozinha, Maya começa a recordar da sua mãe, da alegria que reinava naquela casa. Fica pensando e sente muita falta da mãe, mesmo com todo o carinho que o pai lhe dedica. Anthony descansa um pouco, acorda e vai para o quarto de Maya.

Anthony: — Oi, princesa!!!! Como você está? Muito cansada com a longa viagem?

Maya: — Não. Eu dormi bastante na viagem. Logo estarei recuperada.

Anthony: — Isso é muito bom!!! Gosto de vê-la animada.

Maya: — Pai, você acha uma boa ideia voltar a morar aqui, nesta casa?

Anthony: — Eu sei que as lembranças às vezes machucam, mas também trazem sentimentos bons. Nós temos que nos acostumar que a sua mãe se foi, mas que continua dentro dos nossos corações. Está muito difícil para você?

Maya: — Estou preocupada com você. Achei você um pouco triste.

Anthony: — Eu estou bem. Me dê um pouco mais de tempo e logo estarei cem por cento. Legal?

NARRADOR: Roberta vai para a cozinha e prepara hambúrgueres com batatas fritas. Sobe as escadas até o quarto do pai e abre a porta.

Roberta: — Pai, trouxe hambúrguer com batatas fritas.

Anthony: — Mas espera aí, você não incendiou a cozinha?

Roberta: — Será?

Anthony: — Vem, vamos para o quarto da sua irmã para comermos com ela.

Roberta: — Sim, pai.

Anthony: — O que você fez para ela?

Roberta: — Um hambúrguer.

Anthony: — Só.

Roberta: — Sim, ela não pode comer muito, porque já está com dor. Vamos.

NARRADOR: Entram no quarto de Maya.

Maya: — Que cheiro bom.

Roberta: — É muito bom, melhor ainda quando você comer esse hambúrguer que eu fiz especialmente para você, do jeito que você mais gosta.

Maya: — Obrigada.

Roberta: — Irmãs são para isso.

Maya: — Que fofa!!!

Anthony: — Vocês duas são muito fofas, sabia?

NARRADOR: Eles lancham juntos e depois Anthony vai para o quarto maior descansar. Roberta, já no seu quarto, tira as roupas das malas e guarda-as, toma banho e dirige-se para o quarto de Maya para guardar as roupas dela no armário.

Roberta: —Você vai ter uma folga, pode sair e descansar, assim você vai sarar mais rápido. Vou arrumar as suas roupas no armário, mas pode ficar descansando que não vou fazer barulho e nem incomodar.

Maya: — Maninha, não quer a minha ajuda? Você está trabalhando muito, fazendo a comida, cuidando de mim e agora arrumando as roupas.

Roberta: — Fica quietinha, descansa. Eu faço rapidinho isso aqui. E amanhã tudo está no lugar e vai ficar mais fácil para você.

Maya: — Obrigada, mana. Você é muito fofa.

Roberta: — Pronto, tudo arrumado. Descansa, pois amanhã vai ser um novo dia e tudo parecerá melhor.

Maya: — Tchau!!!

IDEIA GENIAL

NARRADOR: Harry estava cuidando do seu machucado e lembrando que esqueceu de pegar o número do telefone de Maya. Ela não saía dos seus pensamentos e estava bastante preocupado com a saúde dela. Sem notícias, depois de deixá-la no hospital, ele tem a ideia incrível de fazer uma serenata para ela em um programa de televisão.

Harry: — Eu sou muito tímido.

NARRADOR: Harry, pensando na mulher de sua vida, Maya, cria coragem para fazer qualquer coisa, para ter um final feliz com sua amada.

Harry: — Para de pensar na Maya!!!

NARRADOR: Ele vai para o banheiro, toma banho e sai arrumado. Senta em sua cama e começa a sedimentar uma ideia. E segue falando consigo mesmo.

Harry: — Você consegue, vamos lá. Mesmo que seja sua primeira música, você vai conseguir. Não importa se vai ficar bom ou ruim. Eu vou fazer!

NARRADOR: Harry pega caneta e papel e começa compor a música. Enquanto isso, o avião particular de Frupys chega no destino e ele desce, fica perto de suas malas, esperando sua limusine chegar. Vê o carro se aproximar e Lype, o motorista, desce e abre a porta para ele entrar.

Lype: — Como vai, senhor Frupys, como foi o voo? Posso colocar as malas no bagageiro? Para onde o senhor deseja ir?

Frupys: — Sim. Para minha casa.

Lype: — Ok, senhor.

NARRADOR: Senhor Frupys é um político, mandão e que gosta que tudo ocorra conforme suas ordens. O carro estaciona no jardim da casa dos meninos e Coopyr vai até a janela para ver quem é? Ele olha pela janela sem acreditar que está vendo seu pai. A chegada inesperada do pai o surpreende. Lype abre a porta para o senhor Frupys sair. Coopyr desce para a cozinha, para comer, e ouve a porta da sala se abrindo e vai ver. Indo para sala, depara com a presença do pai, e lembra de tudo o que aconteceu.

Coopyr: — Você não tem vergonha de vir aqui?

Frupys: — Que eu saiba esta é ainda minha casa.

Coopyr: — Por que você está aqui? Você não é bem-vindo nesta casa.

Frupys: — Sim, cadê o Harry?

Coopyr: — Está no quarto.

Frupys: — Só me faltava essa. Que recepção para um pai que acaba de chegar, hein? Não vai perguntar como estou? Se fiz boa viagem?

Coopyr: —Repito, você sabe que não é bem-vindo aqui. Por que veio? O que você quer?

Frupys: — Estou cansado dessa ladainha. Não tem algo melhor para falar?

Coopyr: — Me esquece.

Frupys: — Vou subir para ver o Harry.

A MÚSICA

NARRADOR: Harry estava começando a escrever e percebe que não ficou bom, então ele amassa o papel e joga-o fora. Ele tenta fazer de novo, só que não dá certo, pensa em desistir e acha que a música não é para ele, mas resolve continuar e não desiste. Com muita persistência, Harry acaba se surpreendendo com o resultado obtido e canta a música que acabou de compor todo orgulhoso.

Harry: *Amor da minha vida*

Surgiu uma pessoa, que mudou a minha vida,

Meu destino, meu lugar no mundo,

O meu respirar, os meus sonhos...

Tudo... Tudo... Tudo...

E agora? Quem é ela? Quem ilumina a minha vida?

E agora? Quem é ela? Quem ilumina minha vida?

O sol da manhã, a lua, a noite estão sem brilho

Ela faz o meu mundo girar de ponta-cabeça.

Quem é ela? Quem ilumina minha vida?

Quem é ela? Quem ilumina minha vida?

O nome dela é Maya, uma princesa,

Que trouxe a luz para minha vida.

Quem é ela? Quem ilumina minha vida?

Quem é ela? Quem ilumina minha vida?

O meu raio de luz, minha preciosidade.

Quando te conheci, conheci a felicidade.

Harry: — Consegui!!! Nem acredito.

NARRADOR: Coopyr estava na sala sentado no sofá e teve uma brilhante ideia de telefonar para Maya e compor uma música para ela. Começou a compor a música e ficou feliz com o resultado, pois expressava os seus sentimentos.

Coopyr: *Minha princesa*
Quando eu te vi passar
Reparei que estava sentindo algo estranho,
Estava com frio e ao mesmo tempo tão quente.
Um sentimento novo que eu nunca senti.
Estou completamente apaixonado por você
Esta música eu fiz especialmente para você.
Você a Alteza real do meu coração.
Eu posso fazer tudo,
Mas não consigo fazer o meu coração parar de bater por você.
O meu amor é infinito e enquanto você estiver comigo,
Nossa vida será uma aventura nova a cada dia.
Deixa eu te falar uma coisa, que eu não falei para ninguém,
Você será para sempre a mulher dos meus sonhos, a dona do meu coração.
E eu te pergunto, você quer ser para sempre minha, somente minha?
Você é a luz dos meus olhos, sem você eu não sou nada, você é o meu destino.
Não sei se os opostos se atraem, mas sei que você é tudo o que eu quero.
Você tem um olhar que brilha como as estrelas radiantes.
Até os seus beijos me conquistaram,
Eu te perguntei várias vezes,
Você aceita casar comigo? Não namorar,
Eu quero um casamento real,

Te proponho o casamento dos seus sonhos.

Você sempre será a minha princesa, a minha amada

Harry: — Por que você veio aqui?

Frupys: — Eu não posso visitar os meus filhos.

Harry: — Você nunca vem aqui, estou preocupado, aconteceu alguma coisa com a minha madrasta?

Frupys: — Não aconteceu nada, eu só queria visitar vocês.

Harry: — Sei....

Frupys: — É verdade.

Harry: — Difícil de acreditar, vindo de você.

O PAI MAL-AMADO

Frupys: — Oi, como você está?

Harry: — Não pode bater antes de entrar? Bem. O que você está pensando? Está procurando alguma coisa? Por que você faz as coisas sem a minha autorização?

Frupys: — Porque eu sou seu pai.

Harry: — Você é o meu pai? Não me faça rir. Você não me educou e nem meu irmão. Um pai fica junto de seus filhos, brincando e ensinando suas tarefas.

Frupys: — E esse papel que eu achei, o que é? Não me diga que você está apaixonado por uma menina? Quem é ela?

Harry: — Isso é só um hobby e não te interessa por quem eu estou apaixonado. Você não é nada meu e vai continuar não sendo.

Frupys: — Ok. Você me perguntou até quando eu vou ficar aqui, então eu respondo: vou ficar até amanhã.

Harry: — Tá bom, eu tenho que sair. Não mexe nas minhas coisas.

Frupys: — Ok.

NARRADOR: Frupys desce até a sala, senta triste e fica pensando, indignado com o tratamento que recebe dos seus filhos. Coopyr está na sala jogando no celular, ignora o pai.

Frupys: — E aí, campeão? O que você está fazendo, pode me ensinar?

Coopyr: — Não é nada, pai. Eu não estou fazendo nada, então não tem como eu te ensinar. Eu não sei por que você veio aqui, estamos bem. Então, para não discutirmos, é melhor não conversarmos.

Frupys: — Eu quero me redimir com vocês. Deem-me uma chance para eu mostrar que eu mudei, por favor.

Coopyr: — Você fez muitas coisas comigo e com meu irmão mais novo. Eu não vou dar nenhuma chance para você. Você está colhendo o que plantou.

Frupys: — Eu era jovem e as pessoas mudam. Eu sou o pai de vocês. Eu sei que no passado fiz coisas erradas, mas eu quero mudar.

Coopyr: — É difícil acreditar que você mudou, então vamos deixar como está, ok? Tchau.

Frupys: — Poderíamos conversar e tentar entrar em um acordo, o que você acha?

Coopyr: — Agora não.

Frupys: — Por que não? Você já é adulto, quem sabe possa compreender melhor se eu te contar o meu lado da história.

Coopyr: — Estou mais adulto, mas vamos deixar para daqui uns anos. Hoje, os meus sentimentos ainda são os mesmos. Há muita coisa em jogo. Eu também preciso conhecer o outro lado além do seu.

UM GRANDE MÚSICO

NARRADOR: Harry sai apressadamente, com uma ideia na cabeça para surpreender Maya. Ele compra uma revista e um jornal e, procurando, descobre que tem uma rádio e uma emissora de televisão perto de onde ele está. Ele fica imensamente feliz, pensando que sua ideia vai dar certo e assim conquistará Maya. Então, ele dirige até a emissora de televisão. Harry entra na emissora, e as pessoas o reconhecem como o filho do dono da emissora, um político influente na região.

Diretor da Emissora: — Senhor Harry, que surpresa! Como posso ajudá-lo?

Harry: — Eu quero cantar uma música para uma pessoa muito especial.

Diretor da Emissora: — Sim, senhor.

Harry: — Eu também quero que você ligue o rádio para que eu possa transmitir essa música simultaneamente. E não precisa me chamar de senhor.

Diretor da Emissora: — Ok.

Harry: — Assim é melhor.

Diretor da Emissora: — Ok.

Harry: — Onde fica a sala? Onde eu vou cantar?

Diretor da Emissora: — Aqui. Siga-me, por favor.

Harry: — Obrigado.

Diretor da Emissora: — Está bem. Dê um abraço para o seu pai.

Harry: — Ok! Mas quando eu vou poder começar?

Diretor da Emissora: — Daqui a pouco. Estamos preparando para a edição.

Harry: — Ok.

NARRADOR: Enquanto isso, Frupys questiona Coopyr para saber para onde Harry foi, saindo às pressas sem falar nada.

Frupys: — Onde seu irmão foi?

Coopyr: — Vai saber? Eu vou sair também, para não ficar sozinho com você.

Frupys: — Aonde você vai?

Coopyr: — Para um lugar que não é da sua conta.

Frupys: — Nossa, filho.

Coopyr: — Não me chame de filho, você não é meu pai e nunca foi.

NARRADOR: Enquanto isso, Roberta liga a televisão e chama sua irmã para assistir com ela a um filme. Anthony liga o rádio, que, por coincidência, está sintonizado na emissora em que Harry vai cantar. A apresentadora do programa da rádio, em conjunto com a emissora de TV, anuncia que Harry cantará uma canção especial. Ele olha para a plateia e fica nervoso, mas respira fundo e vai em frente.

Harry: — Eu vim cantar uma música que fiz para uma pessoa muito especial. Talvez ela esteja me escutando, não sei.

Roberta: — Quem é que vai cantar?

Anthony: — Não sei, eu acho que ele se chama Harry Penser.

Roberta: — Eu conheço uma pessoa que se chama Harry, mas não sei seu sobrenome.

Maya: — Também conheço, Harry Potter.

Roberta: — Também conheço.

Anthony: — Não vamos discutir. Melhor esperar para conhecermos esse Harry e ver como ele vai cantar.

Maya: — Está em qual canal?

Anthony: — No programa *Verdade Própria*.

Maya: — Que programa é esse?

Roberta: — Ele é um programa novo, né pai?

Anthony: — Sim, filha, é no canal 2.

Maya: — Tira esse filme, Roberta, e coloca no canal 2.

Roberta: — Calma aí. Pega o controle, que está do seu lado, e coloca no canal 2.

Maya: — Oba! Fica olhando.

Harry: — Essa música eu ofereço para uma pessoa muito especial. É uma canção nova, de minha autoria, chamada "O Amor da minha vida".

Maya: — Meu Deus!!!

Roberta: — Que fofo!!!

Anthony: — Meu Pai do Céu, o nome do meu Tesouro está aparecendo na televisão e no rádio.

DECLARAÇÕES DE AMOR

Maya: — Eu sei, pai. Ele é louco

Roberta: — Sim, ele é louco por você, para aparecer na televisão e na rádio tem que ser louco. Mas até que é bem fofo e romântico.

NARRADOR: Coopyr conversa com alguns amigos e pede ajuda para a localizar o número do telefone e endereço de uma mina. Como o pai de Coopyr é um político rico e influente, é fácil para os amigos conseguirem essas informações. Pouco tempo depois, recebe um telefonema com as informações solicitadas. Coopyr liga para Maya.

Anthony: — Oi, quem fala?

Coopyr: — Aqui é o Coopyr Penser, eu posso falar com a Maya?

Anthony: — Sim. Meu anjo, uma pessoa quer falar com você, o nome dele eu acho que é Coopyr Penser, mas eu não sei dizer o que ele quer com você.

Maya: — Quem será? Oi.

Coopyr: — Oi, gatinha, não desligue, eu fiz uma música para você de todo meu coração e minha alma. Por favor, você tem que escutar eu te imploro.

Maya: — Ok.

Coopyr: — Oba!!

Maya: — Manda.

NARRADOR: Coopyr dá o seu melhor e canta a música que compôs para ela.

Maya: — Uau! Que lindo. Obrigada pela música, eu amei.

Roberta: — Oxe!

Coopyr: — É sério? Eu te amo muito.

Maya: — Ok. — Desliga o telefone.

Roberta: — Uau, dois pretendentes e eu não tenho nenhum. Eu quero um namorado e você tem dois, que injusto. Mana, dois namorados dos sonhos, um cantando no rádio, outro cantando no telefone. Poxa, bem que você poderia me dar umas dicas para arrumar um namorado ou me dar um, né? Eu sou sua irmã favorita e te amo muito, minha pequena.

Maya: — Meu Deus, calma, mana, eu nem escolhi ainda.

Roberta: — Então, escolhe. Eu achei os dois muito fofos.

Maya: — Hum. Sou eu quem vai namorar ou você?

Roberta: — Escolhe.

Maya: — Ok, então vamos dormir que amanhã eu falo quem eu escolhi, porque hoje estou cansada e doida para dormir e sonhar com o meu travesseiro predileto. Não quero saber desse assunto, entendeu? Tchau, pai.

Anthony: - Não conheço nenhum dos dois, mas eu acho que você tem que tomar cuidado.

Maya: — Ok, boa noite.

Roberta: — Boa noite.

Anthony: — Bons sonhos, meus Anjinhos, e pensa bem.

NARRADOR: Roberta e Maya sobem e vão para seus quartos e preparam-se para dormir. Anthony sobe e vai para o seu quarto, toma banho e deita e fica pensando que Maya terá muito tempo para escolher e entender seus sentimentos.

O ESCOLHIDO

NARRADOR: O dia amanhece lindo e ensolarado. Anthony desperta às 5 horas para sua corrida matinal. Depois de duas horas, ele volta, prepara o café da manhã para as meninas e em seguida sobe para acordá-las.

Anthony: — Bom dia!

Roberta: — Oi, pai, você dormiu bem? Sonhou com o quê?

Anthony: — Sonhei com os meus futuros genros.

Roberta: — Você sabia que um deles é um Príncipe?

Anthony: — Sério!

NARRADOR: Maya acorda e dirige-se para o quarto de Roberta.

Maya: — Oi, pai, acordei.

Anthony: — Você tem um Príncipe?

Maya: — O quê? Quem? Eu? Quem é?

Anthony: — Um príncipe. Que Príncipe é esse?

Maya: — Pai, eu nem sei quem é. Mas acho que já escolhi.

Roberta: — Maravilha!!! Quem?

Maya: — Calma aí, deixa eu tomar meu café primeiro.

Roberta: — Ok, fala depois.

Maya: — Vamos.

Roberta: — Sim.

NARRADOR: Maya levanta apoiando-se na irmã.

Roberta: — Que pesada!

Maya: — Vamos.

Roberta: — Ok, maninha, descendo com Maya.

Maya: — Que bom que sou forte.

Roberta: — Oba!!! Tem tapioca.

Maya: — Todo dia tem, maninha.

Roberta: — Sim, é verdade. Fala!!!

Maya: — Acho que gosto mais do Harry. Eu amei o que ele fez no programa por mim e, de qualquer jeito, ele me ajudou muito quando acabamos presos naquele buraco.

Roberta: — Com certeza, ele é o cara perfeito para você. Se vocês se casarem, eu vou ser a madrinha.

NARRADOR: Maya se engasga com o café.

Maya: — Oxe! Calma!!!

Roberta: — Liga para ele, mana.

Maya: — Logo que eu terminar de tomar o meu café, apressadinha!!! Espera ele acordar, né? É melhor ligar mais tarde.

Roberta: — Não, liga agora. Ele está esperando, foi por esse motivo que ele fez a apresentação. Certo?

Maya: — Certo. Agora me dê uns minutos até eu terminar o meu café.

Roberta: — Ok, mana, você é que sabe.

O PRETENDENTE

Maya: — Já, já, eu ligarei. — Pega o telefone para fazer a ligação.

Roberta: — Mas como você vai ligar se não sabe o telefone dele?

Maya: — Viu, você me deixa louca.

Roberta: — Nem vem com essa.

Maya: — Bom, vou procurar saber pela emissora.

Roberta: — Pede para o pai.

Maya: — Vou fazer isso. Pai! Vem cá, é urgente!

Roberta: — De vida ou morte.

Anthony: — Qual é a emergência?

Roberta: — Sobre o destino dela.

Anthony: — Hum...

Maya: — Pai, você têm o contato da rádio ou da emissora?

Anthony: — Não, mas posso ver.

NARRADOR: Enquanto elas tomam café,

Anthony pega o celular e entra no site da emissora.

Um tempo depois.....

Anthony: — Consegui, meus amores.

Roberta: — Viva! Parabéns, pai, eu sabia que você era o melhor.

Anthony: — Obrigada, não entendi...

Maya: — Essa menina é louca, pai.

Anthony: — Hum, ou vocês estão aprontando algo?

Maya: — Nadinha.

Anthony: — Sei.

Maya: — Liga para a emissora, o canal 2.

Telefonista: — Alô! Em que eu posso ajudar?

Maya: — Oi, sou a Maya. Eu assisti uma pessoa cantando uma música especial ontem e gostaria de saber se podem me passar o número dele, o nome dele é Harry Penser. |O que cantou.

Telefonista: — Sim, o filho do político.

Maya: — Filho de quem?

Telefonista: — Você não sabia que ele é filho de um político. Na verdade, ele também tem um irmão.

Maya: — Uau!!! Passa-me o telefone dele, por favor?

Telefonista: — Claro, só deixa eu ver aqui. Aqui está, achei. É o telefone da casa dos Penser. Eu falo e você anota. Ok?

Maya: — Ok. Pode falar. Obrigada, e, por favor, não fala para ninguém que eu liguei. Telefonista: — Com certeza não falarei. Desliga.

Maya: — Credo, que mal-educada.

Roberta: — Uai, o que ela fez?

Maya: — Desligou na minha cara. Você sabia que o Harry é filho de um político?

Roberta: — Ele não me disse nada.

Maya: — Claro, porque ele nem te conhece.

Roberta: — Você vai ligar ou não?

Maya: — Não, vou não. Eu ia ligar, mas ele é filho de um político e eu não quero me meter em confusão.

Roberta: — Amor, você já está em uma grande confusão amorosa. É melhor você terminar com isso e falar de uma vez.

Maya: — Sim, mas eu tenho medo, mana.

Roberta: — Ai, meu Deus, ele te ama e fez tudo aquilo por você.

DOIS GAROTOS E UMA GAROTA

Maya: — Mas se o pai dele não aceitar?

Roberta: — Mesmo se ele não quiser, você não vai morrer por isso, né?

Maya: — Ok, você têm razão, eu vou ligar.

Empregada: — Casa dos Penser, quem fala?

NARRADOR: Maya fica muda. Roberta pega o telefone.

Roberta: — Oi, quero falar com o Harry.

Empregada: — O que você deseja com ele?

Roberta: — É algo que é muito importante para ele e não para você.

Empregada: — Vou chamá-lo. Um minuto, senhorita.

Roberta: — Chama rápido.

Empregada: — Ok.

Roberta: — Se não fosse eu para te ajudar...

Maya: — Você disse o quê?

Roberta: — Nada não.

Harry: — Oi, quem fala?

NARRADOR: Roberta ouve a voz e passa o telefone para sua irmã.

Maya: — Oi, tudo bem? Eu estou ligando para falar que eu vi o programa e achei lindo da sua parte.

Harry: — Minha amada, é você? Não acredito que você viu, e você aceita?

Maya: — Eu aceito.

Harry: — Eba! Onde você está agora?

Maya: — Em Las Vegas.

Harry: — Ok, eu vou até você. Passa o endereço.

Maya: — Ok. Já enviei.

A NAMORADA FANTÁSTICA

NARRADOR: Harry está nas nuvens de tão apaixonado. Ele não vê a hora de se aprontar e ir para Las Vegas encontrar sua amada. Escolhe o look esportivo, toma banho, pega um casaco preto, ajeita o cabelo e fica muito bonito. Olha no espelho, balança a cabeça aprovando e diz para si mesmo: "Perfeito para encontrar com a minha amada".

Harry: — Coopyr, surgiu uma emergência e eu estou indo para Las Vegas. Você vem comigo ou vai ficar aqui com o Frupys?

Coopyr: — Maninho, eu vou ficar. Vou fazer assistir a alguns filmes e também vou para a casa de um amigo.

Harry: — Ok.

Coopyr: — Se cuida.

Harry: — Ok!!! Eu estou muito feliz. Você viu o programa *Verdade Própria* ontem, no canal 2?

Coopyr: — Não, por quê? Alguma participação especial?

Harry: — Nada de mais. Então, tchau!!! Eu estou indo.

NARRADOR: Harry vai para o quarto, pega as malas e, quando desce, liga para o piloto do avião particular e informa-lhe que está indo para o hangar. Pede para deixar tudo pronto para levá-lo para Las Vegas de imediato.

Harry: — Ah!!! Eu viajarei sozinho, então peço que, por favor, não contem nada para o meu pai. Estou confiando em vocês.

NARRADOR: Encerrada a ligação, Harry chama Lype.

Harry: — Lype, vem cá um pouco. Nós vamos viajar, prepara o carro. E não se preocupe com meu pai. Ele com certeza gostaria que você fosse comigo e, além do mais, você também precisa descansar. Estou com pressa.

Lype: — Ok, senhor! Mas eu não quero me meter em confusão, você conhece seu pai e eu também.

Harry: — Positivo, mas nós vamos voltar logo, entendeu? Bom, vá se preparar. As minhas malas estão no hall de entrada.

Lype: — O carro já está pronto. Quando partimos, senhor?

Harry: — Vamos agora, estou com pressa para chegar.

NARRADOR: Harry entra no carro, enquanto Lype coloca as malas no bagageiro.

Lype: — Senhor, para onde nós vamos? E onde vamos ficar hospedados?

Harry: — Eu liguei para o piloto e pedi para preparar o avião, então vamos para o hangar. Já avisei que estou a caminho. E se meu pai ligar, diga-lhe que está viajando. Afinal você tem direito de tirar uma folga de vez em quando, entendeu?

Lype: — Sim, senhor, eu entendi muito bem. Mas eu estou um pouco apreensivo, porque o seu pai pode fazer de tudo, esqueceu? Não é bom brincar com ele.

Harry: — Eu não esqueci. Ele não vai fazer nada com você. Então faça o que eu estou mandando e vamos direto para o hangar particular.

Lype: — Ok.

RUMO AO ENCONTRO

Harry: — Ela se chama Maya. Tem nome é de rainha.

Lype: — Sim, senhor.

Harry: — Não precisa do senhor, Lype.

Lype: — Ok, como queira.

Harry: — Durma um pouquinho, Lype, você merece.

Lype: — Estou mesmo cansado.

Harry: — Queria que você fosse meu pai, você é o melhor ajudante que a minha família já contratou. Obrigado por cuidar de mim. Você se tornou membro da família. Vamos curtir a viagem e sua folga, eu prometo. Eu vou fazer de tudo para que suas férias sejam simplesmente perfeitas.

Lype: — Obrigado pela consideração. Eu gosto muito do senhor e do seu irmão.

NARRADOR: Lype encosta na janela e em instantes apaga. Harry vai para o quarto principal, deita e dorme. Passadas algumas horas, Lype acorda e se espreguiça na cadeira do lado da janela do avião. Ele começa a ver a cidade, mas como acabou de acordar, não repara direito.

Comissária: — Você aceita um chá?

Lype: — De quê?

Comissária: — Temos estas opções. Pode escolher.

Lype: — Sim, claro. Quero de Camomila.

Comissária: — Ok, vou pegar.

Lype: — Ok.

Comissária: — Aqui está o seu chá.

Lype: — Obrigado. Você sabe se o Harry já acordou? Fale para o piloto não contar a ninguém que estamos em Las Vegas.

Comissária: — Sim. O senhor Harry não acordou.

Lype: — Que preguiçoso, dormindo até essa hora.

Comissária: — Você quer que eu o acorde?

Lype: — Parece uma boa ideia, assim ele vai acordar mais rápido, entretanto acho que não devo fazer isso.

Comissária: — Se você quiser eu posso acordá-lo, com a sua autorização.

Lype: — Vamos esperar mais um pouco. Bom, eu acho que é melhor deixar o meu mestre dormir mais um pouco, ontem foi um dia cansativo e ele tem que recuperar as energias para encontrar a tal namorada, que ninguém sabe quem é.

O DORMINHOCO

Comissária: — Sim. Se precisar de mais alguma coisa, é só chamar. Você pode dormir mais um pouco até que ele acorde.

Lype: — Ok. Você acredita que ele me deixou curioso para saber quem é essa garota?

Comissária: — Que tal tentarmos adivinhar quem é essa garota, assim o tempo passa mais rápido.

Lype: — Boa! Mas, como ele é teimoso, então tem de ser uma menina bem teimosa e mandona.

Comissária: — Será? Ou ele pode ter escolhido uma menina romântica e menos teimosa. Afinal, para mim ele não é teimoso.

Lype: — É que você não convive com ele como eu. Eu sei que ele pode se apaixonar até por uma aeromoça como você.

Comissária: — Você acha que o filho de um político se interessaria por mim, eu devo ser muito bonita para você pensar isso.

Lype: — Sonhe, porque é de graça.

Comissária: — Então, vou sonhar que estou me casando com o Harry.

Lype: — Não sei!!! O Harry, além de ter uma personalidade forte, ele é muito sensível.

NARRADOR: Harry acorda, toma um banho, se apronta e vai ao encontro de Lype.

Harry: — Oi, o que é que vocês estão falando de tão importante em vez de trabalhar?

Lype: — Senhor, nós estamos falando sobre a sua namorada. Estou tão curioso para saber quem está deixando o meu mestrinho feliz e sorridente.

Harry: — Isso não é da conta de vocês, entenderam? Então, voltem ao trabalho, eu quero chegar em Las Vegas o mais rápido possível.

NARRADOR: Na mansão dos Penser, Coopyr e Frupys continuam em pé de guerra.

Coopyr: — Quem te deu autorização para mexer na televisão?

Frupys: — É minha casa, você sabia?

Coopyr: — Não me faça rir. Eu não sabia que você morava nesta casa, porque nunca te vi, a não ser quando você entrou sem ser convidado. E acho que é melhor você ir.

Frupys: — Ok. Mas antes assista isso, tenho uma surpresa.

NARRADOR: Coopyr vê a televisão sintonizada no canal 2. Harry vai agradecer o piloto. Frupys procura seu celular em todos os cantos da casa, até encontrá-lo próximo a sua cama. Ele pega o celular e liga para o Harry.

Frupys: — Onde vocês estão? Cadê meu ajudante e você? Eu preciso de você aqui em casa.

Harry: — Quem é?

Frupys: — Como assim, quem é? Sou eu, seu pai!

Harry: — O que foi, Frupys?

Frupys: — Por que você não me chama de pai?

Harry: — Você não é meu pai e nunca vai ser.

Frupys: — Hummm... Bom, eu descobri sobre essa sua namorada, por que não me apresentou antes?

Harry: — Ué, porque não tem necessidade.

Frupys: — Eu não concordo.

Harry: — Você não tem muito efeito sobre a minha vida. Eu namoro quem eu quiser e sem ter que prestar contas a você. E é melhor você parar, se não quer ser despejado.

NARRADOR: Coopyr escuta a conversa, após ver a apresentação de Harry no Programa *Verdade Própria*. Fica indignado, pois descobriu que Harry fez uma música para a sua amada, Maya. "Moleque chato, como pode nós dois gostarmos da mesma garota, mas eu vou fazer de tudo para ficar com ela", pensa.

Harry: — Você acredita que o meu irmão não viu a música que compus para minha garota.

Lype: — Nossa!

O DESCOBRIMENTO

NARRADOR: Coopyr vai até o computador, procura a menina chamada Maya. Como ele lembra de seu sobrenome, fica bem mais fácil encontrá-la. Em alguns minutos, ele descobre sua conta do Facebook e que sua cidade natal é Las Vegas.

Coopyr: — Harry vai me pagar! Lembro que ele foi viajar justamente para Las Vegas. Eu vou lá fazer uma surpresinha para o meu irmão, aquele maldito que roubou a mulher da minha vida. Eu sou Coopyr Penser, filho de político, e, com certeza, vou contornar essa situação. Infelizmente essa história não vai acabar nada bem!

Harry: — Chegamos, viva!!! Muito obrigado pelo voo tranquilo e por ter me trazido o mais rápido possível. Agora, vou encontrar a minha amada.

Piloto: — De nada!!! Espero que vocês se casem um dia e sejam muito felizes. Também espero que você se dê bem com seus sogros. Qualquer coisa, é só chamar.

Harry: — Obrigado! Sinto-me o homem mais feliz do mundo.

Lype: — Mestre, nós vamos para a casa, hotel ou o Palácio?

Harry: — Podemos dormir no Palácio, mas primeiro eu vou ao encontro de Maya.

NARRADOR: Lype pega as malas e fica esperando a limusine chegar.

Harry: — Lype, você é o melhor de todos, sabia? O meu pai só pensa em política e não dá atenção para mim e nem para o Coopyr. Você é o meu grande amigo.

Lype: — Não sei.

Harry: — Vamos, quero estar nos braços da minha amada ainda hoje. Ela é muito bonita e gentil, com certeza você vai gostar dela.

Lype: — Que apaixonado!!! Mas a moça pelo menos aceitou?

Harry: — Sim, por isso que estamos aqui.

Lype: — Que ótimo! Senhor, a limusine está aqui, vamos?

Harry: — Ok.

NARRADOR: Lype ajuda Harry a descer as escadas do avião, enquanto os seguranças levam as malas e as colocam no porta-malas da limusine. Logo em seguida, Lype e Harry entram no carro.

Motorista: — Para onde vamos, senhor?

Harry: — Para a casa da minha amada, neste endereço.

Motorista: — Sim, senhor!!!

NARRADOR: O motorista dirige para o endereço de Maya. Coopyr resolve descobrir o que seu irmão está planejando e decide ir para Las Vegas. Arruma a mala, entra no carro e parte rumo a Las Vegas.

ENFIM CHEGUEI

Motorista: — Chegamos, senhor.

Harry: — Maravilha! Eu vou encontrar meu anjo.

NARRADOR: Roberta ouve um barulho de carro, dirige-se para a sacada e vê a limusine estacionando em frente à sua casa.

Roberta: — Que carro legal! De quem é? Mana, você está esperando alguém? De quem é essa limusine?

Maya: — Não!!! Só se for de quem eu estou imaginando. Ele tem uma limusine? Não acredito.

Roberta: — Acho que ele é um filhinho de papai, será que o nosso pai vai aceitar ele? Só sei que, caso ele aceite, isso vai ser muito injusto, porque você tem dois pretendentes e eu nenhum.

Maya: — Calma, você não vai morrer se não tiver um namorado nem infartar de amor.

Roberta: — Ha! Ha! Ha!!!

NARRADOR: Maya desce as escadas e vai ao encontro de Harry, que está saindo do carro.

Maya: — Você é maluco, por que você não me contou que era filho de um político importante? É por que você não confia em mim?

Harry: — Eu não te contei, porque você não me perguntou. Vamos deixar essa conversa para lá. Hoje quero ficar o tempo todo com você. Você pode dormir no meu Palácio, que tal? Não parece um sonho?

Maya: — Ok. — Beijando-o.

NARRADOR: Roberta fica na sacada observando o encontro da Mana com o seu pretendente. Olha para o menino e leva um susto. Harry é o Gato da escola por quem ela se apaixonou.

Roberta: — Não é possível!!! Eu gostei desse menino primeiro. Não acredito que ele está aqui para ficar com Maya. Garota, seja forte e finja que nada aconteceu. Vocês são namorados? Quando vão casar? Eu quero ser titia!

NARRADOR: Harry e Maya olham para sacada e dão risada do que Roberta falou.

Maya: — Não liga para ela. Roberta é um pouco doida e diz coisas que só ela mesma entende. Eu achei que você não vinha. Que bom que você veio, eu estou muito feliz.

Harry: — Eu falei que vinha.

Maya: — Pensei que você só estava brincando.

Harry: — Eu não brinco em serviço.

Maya: — Serviço? Eu sou só um serviço para você?

Roberta: — Vixe!!!

Harry: — Não. Eu quis dizer que eu não brinco em serviço, ou seja, em namoro e muito menos com você, afinal você é o motivo de eu estar aqui. Estava sonhando com esse momento.

Maya: — Que fofo, eu te amo!!! — Beijando-o.

Harry: — Eu também, minha deusa linda!!!

Maya: — Quer conhecer meu pai e minha irmã?

Harry: — Adoraria. — Beija-a com pegada.

NARRADOR: Vendo-os da sacada, Roberta grita: — É o amor!!!

Maya: — Bem, essa é a minha irmã chata.

Harry: — Ha! Ha! Ha!!!

Maya: — Mas é verdade. Ela é muito chata mesmo.

Harry: — Te amo, muito mesmo.

Roberta: — Que melação!!!

Harry: — Quando você se apaixonar e tiver um namorado, vai entender.

Roberta: — Tomara que não.

NARRADOR: Maya acaba rindo.

Roberta: — Vamos entrar. Já desço.

Maya: — Sim, vamos conhecer agora o meu pai.

Harry: — Ok, vamos sim. Antes preciso falar com Lype no carro.

Lype: — Senhor, eu posso ir?

Harry: — Pode ir direto para o Palácio, afinal precisa descansar. Não esqueça de ficar de olho no celular, caso eu ligue.

Maya: — Por que você não descansa aqui?

Harry: — Não sei.

CONHECENDO A FAMÍLIA

NARRADOR: Maya entra de mãos dadas com Harry na sala onde Anthony está assistindo televisão e Roberta se dirige para a mesma sala.

Anthony: — Quem é esse, Maya?

Harry: — Sou Harry, muito prazer!

Anthony: — Harry Penser? Meu Deus, você é o filho do político.

Maya: — Esse é o meu namorado, pai, ele é bem fofo e legal, não precisa se preocupar.

Anthony: — Não escutei bem!!! Ele é o quê? Seu marido? Você está falando o dia em que vai casar com ele?

NARRADOR: Harry começa a rir.

Anthony: — Por que esse menino está rindo? Se vocês vão se casar, tem que chamar um padre.

Maya: — Cruz credo! Casamento? Pai, você só pode estar ficando louco. Só falta falar em ter netinhos!

Anthony: — Ué!!! Mas você não me apresentou ele para pedir permissão para casar?

Maya: — Eu estou apresentando o filho do político, que é meu namorado e se chama Harry. Não meu futuro marido. Eu nunca pensei em casamento e nem quero me casar tão cedo.

Anthony: — Bom, mas o senhor é o namorado dela, certo? E um dia vai ficar noivo, afinal é um regulamento.

Maya: — Pai!!!

Roberta: — Quem vai casar? Quero ser a madrinha do casamento.

Maya: — Não vai não. Vai ser um robô bem fofo.

Roberta: — Interessante.

NARRADOR: Anthony e o Harry começam a rir.

Maya: — Esse é Harry.

Roberta: — Encantada, Harry Penser. Eu sou a irmãzinha da sua namorada. Bom, eu acho que é sua namorada, certo? Porque você veio de longe até aqui para vê-la.

NARRADOR: Harry chega mais perto da Roberta. Quando ele se aproxima, o coração de Roberta acelera. Naquele momento ela queria beijá-lo, mas, como ele está namorando sua irmã, ela precisa ser forte e esconder seus sentimentos.

Harry: — Muito prazer em conhecê-la.

Roberta: — Prazer! Minha maninha é engraçadinha.

Maya: — Sou talentosa.

Harry: — Ha! Ha! Ha!

Roberta: — Ela é tão talentosa que tem de ir para a televisão.

NARRADOR: Roberta decidiu subir para o quarto.

Maya: — O que deu nela?

Anthony: — Deixa-a, vai ser bom. Se você quiser, Harry, pode descansar aqui.

Maya: — Viu, Amor.

Harry: — Sim, Vida.

Anthony: — Vocês combinam.

Harry: — Amor, minhas malas o Lype levou para o Palácio. Eu fico hoje aqui e amanhã eu vou para o Palácio.

Maya: — Como assim? Palácio?

Harry: — É um Palácio da família. O meu ajudante já foi para lá, se você quiser podemos ir para o Palácio.

Maya: — Eu quero que você durma aqui hoje e amanhã nós vamos. Meu pai empresta um pijama para você.

Harry: — Ok.

NARRADOR: Roberta volta para a sala.

Roberta: — Oi, pai, voltei.

Maya: — Adivinha quem vai dormir aqui hoje?

Roberta: — Você.

Maya: — Não, o Harry.

Roberta: — Harry? O Harry Potter?

Maya: — É o meu namorado que vai dormir aqui.

Roberta: — Seu o quê? Seu namorado que vai dormir aqui hoje? Então, deixa para lá.

Maya: — Parece que você não está feliz com o meu namoro.

Roberta: — Claro que estou. Bem, eu já vou dormir, amanhã terei um dia bem cheio.

Maya: — Vamos dormir juntos, amor.

Roberta: — Vocês dois vão dormir juntos? Meu Deus!!!

NARRADOR: Roberta sobe as escadas e vai para o seu quarto, triste, mas fica prestando atenção na conversa que está rolando no andar debaixo.

Anthony: — Você não é meu namorado, e sim dela. Então, fica ao seu critério se vai dormir aqui ou no seu Palácio.

Roberta: — Aff, ele vai dormir aqui hoje, problema deles.

NARRADOR: Maya e Harry sobem para o quarto. Maya pega um pijama do seu pai para Harry. Os dois vão para cama e dormem juntinhos.

Anthony: Sobe para o quarto, toma um banho, coloca seu pijama, deita e vai dormir. Roberta não consegue dormir, pensando no Gato da escola, por quem ela se apaixonou.

Roberta: — O meu Gato, agora, é o namorado da minha irmã. Não é justo. Tenho que pensar em alguma coisa. Amanhã será um novo dia.

CONVITE ACEITO

NARRADOR: O dia amanhece bastante chuvoso e úmido. Roberta desperta, mas, ainda deitada em sua cama, fica algumas horas conversando com sua amiga no celular. Maya sonha que Harry está dormindo em sua casa, em Las Vegas. Ela acorda e vê que não foi um sonho e que Harry está ao seu lado. Maya fica muito alegre. Até que seu pai os chama para tomar café.

Anthony: — Café na mesa, tem tapiocas, torradas com manteiga e um bife à parmegiana.

Maya: — Amor, vamos que o café já está na mesa, vamos comer juntinhos. Que alegria, o meu sonho está se tornando realidade.

Harry: — Ok.

NARRADOR: Roberta convida a amiga Ray para tomar café da manhã e dormir em sua casa, como forma de provocar Maya.

Ray: — Sim, aí eu já mato a saudade que estou de você. Que bom, que você voltou para cá. Se um dia você decidir sair daqui de novo, eu vou na mala, sem que você perceba.

Roberta: — Amo você.

Ray: — Também te amo, já estou indo.

Roberta: — Papi, nós temos uma convidada bem especial e, antes que você fale alguma coisa, eu quero dizer que, assim como a Maya, eu também posso ter convidados. Então, vamos preparar algo para ela comer. Você já a conhece há muito tempo.

NARRADOR: Harry está no quarto com a Maya. Ray apronta-se e lembra que tem que levar os presentes que ela preparou para Roberta, seu pai e sua irmã chata. Pega uma mala para suas roupas e outra para os presentes, onde os coloca com cuidado.

Anthony: — Minha vida, eu não ia falar nada, mas você tem razão. Então, eu só quero dizer que eu vou preparar o café para sua amiga, afinal você tem sorte de ter a amizade dela. Uma amiga gentil, legal e bonita. Venha para cá e me ajude a preparar o café da sua amiga.

Roberta: — Sim.

NARRADOR: Anthony e Roberta preparam o café da manhã para a Ray. Harry e Maya descem de mãos dadas.

Maya: — Nossa!!! Pai, que cheiro maravilhoso. Pai, eu acho que você errou a contagem, somos só quatro, por que essa comida a mais? Meu Deus, você está precisando de um médico pra ver a sua memória.

Anthony: — Não, filha, a minha memória está ótima. São quatro pessoas mesmo. Sua irmã convidou uma amiga, a Ray, para tomar café da manhã aqui.

Harry: — Amiga?

Roberta: — Daqui a pouco ela chega. Vamos comer só quando ela chegar.

NARRADOR: Ray chega com as malas e toca a campainha. Roberta abre a porta toda animada e feliz, porque a sua amiga vai passar alguns dias em sua casa, ajudando a superar a dor.

Roberta: — Oi, como você está? Estou feliz em vê-la e mais ainda porque você vai ficar uns dias comigo.

Ray: — Calma, você está muito ansiosa. Dê-me um abraço. Que saudades!!!

Roberta: — Irmã, o importante é que você está aqui. Entra!

Harry: — Amor, o que ela está falando?

Maya: — Deixa para lá, ela é maluca. Teve um dia que ela me deixou ir andando sozinha para a escola e eles foram de carro na frente. E eu já estava atrasada.

Anthony: — Mas só foi uma vez.

NARRADOR: Ray entra na casa com a amiga, cumprimenta todos e senta na cadeira para tomar café.

Ray: — Então, Roberta, o que vamos fazer hoje? Como está chovendo, o clima está ótimo para nós assistirmos um bom filme. Quem é você? E o que você está fazendo aqui?

Harry: — Meu nome é Harry. Sou namorado da Maya.

Ray: — Você tem algum sobrenome, Harry Potter?

Harry: — Lógico, eu sou Harry Penser.

Ray: — Uau, Maya! Você percebeu como ele é importante?

Anthony: — Aqui está o seu prato, Ray. Eu e a Roberta preparamos especialmente para você.

Ray: — Maya, vou ter que falar com você sobre o seu namorado.

Maya: — Ok.

NARRADOR: Enquanto todo mundo termina de comer, eles ficam conversando e a Roberta continua do lado da amiga.

Roberta: — Ray, vamos assistir as séries coreanas? É muito bom saber que você vai ficar aqui comigo.

NARRADOR: Roberta e Ray levantam e vão direto para o quarto assistir à série juntas.

Ray: — Ele já é um membro da família? O namorado da sua irmã?

Roberta: — Eu acho que ele vai ser, mas eu tenho que te contar uma coisa.

Ray: — Fala.

Roberta: — Eu acho que estou gostando do Harry. Como é que eu descubro se gosto de alguém?

Ray: — Sei lá!!! Nas novelas é quando você está perto de alguém e seu coração acelera e, também, quando você não para de pensar naquela pessoa. Caso isso esteja acontecendo, você provavelmente está apaixonada.

Roberta: — Eu achei ele bonitinho na escola, mas ele escolheu a minha irmã e não eu. Então, eu não quero ser a segunda opção ou estragar o namoro deles, mesmo que eu tenha que ser muito forte.

Ray: — É bem complicado se apaixonar, mas vamos ver a série?

Roberta: — Sim.

Ray: — Bom, você não pensa em contar para sua irmã ou para o Harry?

Roberta: — Não!!! Por favor, não conta para ninguém. Eu realmente quero lidar com esse sentimento sozinha. Escolha o filme ou a série que você preferir? Tem uns que eu listei neste papel.

Ray: — Vamos assistir este aqui.

Roberta: — Vamos maratonar as séries?

Ray: — Claro.

Roberta: — Eba!!!

NARRADOR: Roberta aperta o play da televisão e começam a assistir à série pelo aplicativo. Enquanto isso na sala...

Harry: — Então, eu já vou embora, beijos, Vida.

Maya: — Amor, você não pode ir, porque está chovendo.

Harry: — Então, eu não vou ter como sair. Eu posso ficar mais um dia aqui?

Anthony: — Vou pensar, mas antes me traga um copo com água, por favor?

Harry: — Ok, senhor.

Anthony: — Maya, ele não vai dormir mais aqui. Ele só vai ficar até hoje e depois vai para casa dele.

Harry: — Aqui, senhor, sua água.

Anthony: — Você tá maluco? Eu não pedi água nenhuma. Minha princesa, reveja suas escolhas.

Harry: — Mas você pediu e eu busquei para você. Não faz isso comigo!

Anthony: — Humm, eu só estava brincando! Eu sei que eu pedi e você foi buscar. Muito obrigado.

Harry: — Que brincadeira sem graça.

Anthony: — Quando você me conquistar, você vai poder dormir aqui em casa, mas até isso acontecer, nem o meu anjo vai poder dormir no seu Castelo, entendeu? Bom, tchau, eu vou indo.

NARRADOR: Anthony vai para o seu quarto, toma um banho, coloca uma roupa, pula na cama e liga a televisão para assistir ao jornal. Enquanto isso, na sala, Maya e Harry conversam sobre o Anthony.

Harry: — Nossa, que pai. Eu até estou com inveja.

Maya: — De quê?

Harry: — Do seu pai, porque o meu sempre foi ausente. Já o seu está te protegendo. O meu pai não sabe que estou com você, e mesmo que eu falasse, ele nem liga.

Maya: — Que pena!!! Sempre que você quiser, pode me contar como está se sentindo e falar mais sobre sua família. Sempre estarei pronta para ouvi-lo.

Harry: — Eu quero, vamos para o sofá que eu te conto mais sobre isso.

Maya: — Pode me contar, eu sou uma ótima ouvinte, irei te escutar atentamente e depois vou te abraçar. Eu acho que posso até te dar um beijinho.

Harry: — Ok.

NARRADOR: Eles caminham até o sofá e sentam.

Harry: — Como você sabe, o meu pai é político.

Maya: — Sim. Mas me conta sobre a sua mãe, também.

Harry: — A minha mãe acabou fugindo do país, porque ela fez um monte de coisas erradas. Então, me abandonou com o meu pai, e ele não teve tanto tempo para mim e nem para o meu irmão, só vivia para o trabalho. É por isso que eu e meu irmão temos um pouco de rancor dele. Ele nunca foi um pai de verdade. Cuida bem do seu pai, vocês têm o melhor pai do mundo.

Maya: — Amor, você pode cantar uma música para mim? Só para mim? Porque aquele dia você cantou na televisão. Por favor?

Harry: — Ok, mas você aguenta esperar até amanhã para ouvir essa música. Vamos assistir a um filme?

Maya: — Ok. Vamos. O dia chuvoso está propício para ficarmos juntinhos, assistindo filme.

FALANDO DO FUTURO

NARRADOR: No mesmo dia, Harry já imaginava em ter um futuro com Maya.

Maya: — Mas por que você não perdoa seu pai?

Harry: — Ele não merece o meu perdão, entendeu?

Maya: — Você pode até estar bravo com ele, mas você podia descobrir se ele está arrependido?

Harry: — Eu já tomei a minha decisão. Eu não quero falar com ele, nem que ele fale alguma coisa sobre o meu namoro. Mas vamos voltar a atenção para filme, bem grudadinhos.

Maya: — Ok, como meu amor quiser.

Harry: — Oh, linda!!! Eu vou te fazer uma música tão perfeita, tão perfeita que você não esquecerá. Um dia, você vai ser a minha mulher, eu espero me casar com você.

Maya: — Que fofo!!! Que bom, que você acha que eu serei a mulher da sua vida, mas vamos pensar no presente e depois descobriremos o futuro.

Harry: — Eu sonho que, um dia, você será a mãe dos meus filhos e a minha mulher para sempre. Só de imaginar, vejo que nós podemos ter um casamento igual aos dos contos de fadas.

Maya: — Meu Harry, eu realmente não sou aquele tipo de garota que sempre sonha em casar.

Harry: — Por quê?

Maya: — Eu até penso que um dia eu casarei, mas eu tenho medo, nunca falei sobre isso com ninguém. Bom, vamos continuar vendo o filme antes que acabe.

Harry: — Sim, mas depois você pode me falar mais sobre isso. Ok?

NARRADOR: Maya olha para ele e coloca a mão em seu rosto.

Maya: — Por favor, não vamos tocar nesse assunto agora, tá?

Harry: — Ei, você pode confiar em mim. Eu não vou contar para ninguém, meu Bebê. Eu quero te proteger e dar todo o meu apoio para você enfrentar seus problemas.

Maya: — Tem certeza de que você não vai se cansar de mim e das minhas inseguranças?

Harry: — Eu tenho muita certeza disso. Eu quero te fazer feliz e te ajudar em tudo, nunca vou me cansar de você.

Maya: — Que fofo!!!

Harry: — Com o tempo, você não vai mais ter medo de se casar e nem de ficar sozinha. Eu prometo que vou te ajudar e você sabe, quando eu coloco alguma coisa na cabeça, não tem quem tire. Eu te amo muito.

Maya: — Eu também te amo. Eu nunca encontrei alguém como você. Tão lindo!!! Se você prometer que nunca vai me abandonar, eu prometo que você terá a minha melhor versão.

Harry: — Eu prometo. Você traz sentido a minha vida e eu nunca vou te abandonar. Eu prometo mil vezes, prometo, prometo e prometo.

NARRADOR: Eles voltam a atenção para o filme e Maya deita a cabeça no colo do Harry. Quando o filme acaba, Maya se aconchega e dorme no colo dele. Harry observa-a e imagina como seria maravilhoso se eles se tornassem marido e mulher. Harry imagina como vai ser lindo o dia em que Maya estará vestida de branco indo ao seu encontro no altar.

VOCÊ ESTÁ AQUI?

Coopyr: — Oi, maninho, tudo bem com você? Onde você está? Eu estou com saudades, venha encontrar comigo. Eu já passei o endereço pelo celular.

Harry: — Mas você está aqui por perto? Bom, eu estou com saudades também. Já estou indo ao seu encontro.

Harry: — Lype, venha me buscar. Estou com pressa, o Coopyr está me esperando.

Lype: — Estou a caminho, senhor.

Harry: — Amor, amor, amor, acorda!!!

Maya: — O que foi, meu anjo?

Harry: — Eu vou ter que sair. Beijos!!! Volto logo.

Maya: — Você tem que sair mesmo? Não pode ser depois? Eu não queria que você me deixasse.

Harry: — Eu sei, também não queria, mas eu vou encontrar meu irmão. Depois, eu te apresentarei. Já vou indo. Você pode me dar um beijo?

Maya: — Claro!!!

NARRADOR: Maya beija-o e Harry continua mordendo os lábios dela de leve. Passa sua língua em seus lábios e depois se afasta.

Harry: — Eu tenho que ir agora, quer que eu traga algo?

Maya: — Sim, você! Mas você vai agora? Ainda está chovendo.

Harry: — Sim, e eu te amo muito.

Maya: — Eu também te amo.

NARRADOR: Harry sai e vê a limusine estacionada em frente à casa de Maya. Dirige-se para a limusine, abre a porta e entra.

Harry: — Obrigada, Lype. Atrapalhei o seu descanso, né?

Lype: — Não, tudo bem. Então, para onde você quer ir? Quer comer alguma coisa?

Harry: — Eu já comi, mas eu quero ir para este endereço, rápido.

Lype: — Sim, senhor. Você vai encontrar alguém? E sua namorada não ia acompanhá-lo até o Palácio?

Harry: — Ela vai ficar, por enquanto, na casa com o pai, mas depois ela vai comigo para o Palácio.

Lype: — Já chegamos. Senhor, você quer que eu vá junto ou espero aqui no carro?

Harry: — Pode esperar aqui, porque não vou demorar muito.

Lype: — Ok.

NARRADOR: Harry sai do carro e vai até seu irmão.

Coopyr: — Que demora, hein?

Harry: — Oi, mano, você me chamou? O que você faz aqui? E como soube do meu paradeiro?

Coopyr: — Você achou que eu estava brincando? Muito engraçado da sua parte. Você realmente não perdeu tempo, né? Afinal, você roubou a minha mina sem nem me contar. Esse mundo está pequeno demais para nós dois. Você vai dispensá-la? O que você vai fazer?

Harry: — Eu não sabia que você estava interessado na Maya. Eu nunca faria uma coisa dessas com você e como você descobriu?

Coopyr: — Isso não interessa. O importante é que eu descobri e vim para cá o mais rápido possível. E, então, você vai querer lutar ou dispensá-la?

Harry: — Não sei. Mas responda só uma pergunta. Se você gosta tanto da Maya, por que não lhe perguntou quais eram os seus sentimentos em relação a você, antes dela me escolher? Enfim, eu ganhei e é melhor você superar.

Coopyr: — Você me conhece. Eu vou fazer de tudo, até o impossível, para ter a menina dos meus sonhos. A partir de agora, somos inimigos. Quem mandou você se meter no meu caminho.

Harry: — Então, o que você tem em mente? Se lutarmos, com certeza, eu vou ganhar e tem de ser uma guerra justa.

Coopyr: — Você está me ameaçando? Então, vamos ver quem vai realmente ficar com ela e se casar. Começa amanhã e pode ter certeza de que eu vencerei.

Harry: — Combinado.

NARRADOR: Harry volta para o carro.

Harry: — Vamos para a casa da Maya.

Lype: — Ok.

CONVERSA IMPORTANTE

Lype: — Chegamos.

Harry: — Ok, obrigado! E só para lembrar, eu quero dizer que confio em você de olhos fechados. Espero que pense da mesma maneira.

Lype: — Claro.

NARRADOR: Harry sai do carro e vai até a casa em direção a Maya.

Harry: — Oi, amor, tudo bem? Voltei.

Maya: — Oi, lindo!

Harry: — Eu tenho uma surpresa para você.

Maya: — Eba! Amo surpresas!

Harry: — Meu amor, eu nunca irei te deixar. Você é tudo para mim. Eu te amo e sempre vou te amar. Você é a razão do meu viver e, sim, eu me apaixonei de verdade por você.

Maya: — Amor.

NARRADOR: Roberta e Ray terminam de assistir à série no quarto.

Ray: — E aí, Roberta? Como a série já acabou, vamos conversar um pouco?

Roberta: — Sim e sobre o quê?

Ray: — Lembra o que você falou dos seus sentimentos em relação ao Harry?

Roberta: — Ah, tá!!! Isso aconteceu na escola, quando eu achei ele bonito. Mas estou meio confusa depois que ele chegou aqui.

Ray: — O que você vai fazer? Afinal, você vai encontrar com ele todos os dias, aqui. Você vai contar a ele?

Roberta: — Não, ele escolheu a minha irmã. Talvez ela seja mais atraente.

Ray: — Eu tenho pena de você, mas vamos dormir, Ok?

Roberta: — Sim.

Ray: — Bons sonhos, amiga. Dorme com Deus. Amanhã você vai ter que enfrentar o Harry de novo.

Roberta: — Bom sonhos!!!

NARRADOR: Enquanto elas se preparam para dormir, Maya implora para que Harry fique com ela mais aquela noite.

Maya: — Por favor, Harry.

NARRADOR: Harry olha para ela e cede.

Harry: — Sim, eu vou ficar aqui com você.

Maya: — Eba! Vamos para cama?

Harry: — Sim.

NARRADOR: Sobem para o quarto, tomam banho, colocam os pijamas e dormem abraçadinhos. Roberta sonha com Harry se declarando para ela e dizendo: "Eu nunca gostei da Maya".

O ESQUECIMENTO

NARRADOR: O dia amanhece chuvoso e com muitas trovoadas. Harry acorda e vê como o dia está fechado, então ele lembra que seu ajudante está no carro e desce correndo, não se importando com a roupa do corpo. Ao sair, ele percebe que o carro está no mesmo lugar. Corre em sua direção, sem lembrar de pegar um guarda-chuva. Chegando no carro, vê Lype dormindo dentro da limusine. Harry chama Lype pela janela do carro, sem êxito. Ele tenta abrir a porta do carro, mas está trancada, então começa bater forte no vidro, acordando Lype. Harry entra no carro todo encharcado.

Lype: — Você me assustou, senhor. Bem, lhe peço mil desculpas. Como o senhor estava demorando, eu acabei dormindo. Agora, o Senhor está todo encharcado da chuva.

Harry: — Não precisa se desculpar, eu é que sou esquecido. Esqueci do meu ajudante que é tão fiel, me desculpe.

Lype: — O senhor se importa tanto comigo. Ninguém nunca fez isso por mim, muito obrigado.

Harry: — Mesmo que meu pai não se importe, eu me preocupo muito com você. Venha comigo, você precisa comer algo, está com fome.

Lype: — Ok, senhor. Mas e se as pessoas não gostarem de mim?

Harry: — Não tem importância, você vem comigo. Eu não vou te deixar no carro.

Lype: — Está bem.

NARRADOR: Harry, ao lado de Lype, anda até a casa dos Reyes.

Harry: — Você vai ficar aqui e aproveitar pra dormir um pouco. Enquanto isso, vou fazer o nosso café.

Lype: — Ok, senhor — responde, deitando no sofá.

NARRADOR: Roberta acorda com sede, desce as escadas e vai até a cozinha para pegar um copo com água.

Harry: — Oi, Roberta.

Roberta: — Que susto, bebê!!!

Harry: — O quê?

Roberta: — Por que você está aqui? — pergunta, gaguejando.

Harry: — Eu dormi aqui. E como eu encontrei um amigo que estava me esperando no carro, decidi trazê-lo para comer um pouco.

Roberta: — Aproveita e faz algo para mim também.

Harry: — Ok, mas o que você come?

Roberta: — Comida.

Harry: — Ha! Ha! Ha!

Roberta: — Bem, tapioca e café, para mim, minha irmã e minha amiga. Já para o meu pai um bife à parmegiana.

Harry: — Está bem. E vou acrescentar o café do meu amigo, que está deitado no sofá.

Roberta: — Oxe!!! Eu vou chamar as meninas e meu pai para tomar café e volto para te ajudar com o seu amigo. Mesmo que você não mereça, mais tarde talvez você entenda.

Harry: — Ok.

NARRADOR: Enquanto isso, Coopyr está preparando uma serenata, com o objetivo de mudar o rumo do coração de Maya. Roberta retorna e ajuda Harry na cozinha.

Roberta: — Ah, cuidado para você não exagerar muito no café da manhã da Maya, afinal ela nem vai se importar.

Harry: — Ela é o amor da minha vida e fico feliz em fazer isso.

Roberta: — Humm...

Harry: — Você só vai falar humm?

Roberta: — Na verdade, eu queria te falar uma coisa, mas eu não quero machucar alguém. Bem, eu vou ver como o seu amigo está, pelo visto você vai dar falsas expectativas em mais uma pessoa.

Harry: — O que deu nela?

NARRADOR: Harry termina de preparar a comida. Roberta sai da cozinha e procura o convidado, até encontrá-lo no sofá.

Roberta: — Oi, qual é o seu nome? Você precisa de um quarto? Há quanto tempo você trabalha com o Harry?

Lype: — Quantas perguntas. Meu Deus!!!

Roberta: — O quê?

Lype: — Quantas perguntas, hein?

Roberta: — Você que está na minha casa e quem te trouxe é uma besta.

Lype: — Você acha isso?

Roberta: — Sim, afinal como pode um amigo esquecer do outro? Só pode ser um idiota. Bem, venha tomar café, já deve estar pronto. Depois vou levá-lo para o quarto, onde você poderá descansar.

Lype: — Eu não quero dar trabalho a ninguém.

Roberta: — Se você precisar de mais alguma coisa, é só me chamar. Mana! Pai! Miga! O café está pronto.

Lype: — Prazer em conhecê-la, eu sou o Lype.

Roberta: — Me chamo Roberta.

NARRADOR: Maya acorda e percebe que Harry não está. Chateada, pensa que ele foi embora sem falar com ela.

Maya: — Fazer o quê, né? Bom, vou até o quarto do meu papis acordá-lo, faz tempo que não faço isso.

NARRADOR: Maya vai até o quarto de Anthony e abre a porta. Ao ver o pai dormindo, beija-o na sua testa, acordando-o.

Maya: — Bom dia, dormiu bem?

Anthony: — Sim, meu anjo. Eu dormi maravilhosamente bem. Vamos tomar café, eu vou fazer uma tapioca especial para você.

Maya: — Claro, vamos.

NARRADOR: Anthony se levanta, veste o roupão, pega na mão de sua filha e desce em direção à cozinha.

Anthony: — O que é isso? O que ele está fazendo na minha casa? E por que ele está preparando algo na minha cozinha?

NARRADOR: Anthony se depara com o convidado de Harry, Lype.

Anthony: — Quem é esse rapaz? Aqui virou a casa da mãe Joana?

Roberta: — Ha! Ha! Ha!

Harry: — Não, aqui não é a casa da mãe Joana. Ele é o meu ajudante, senhor.

NARRADOR: Harry olha para Roberta, como se estivesse pedindo ajuda, enquanto ela continua rindo.

O NAMORADO DE MENTIRA

Roberta: — Na verdade, ele também é meu namorado e trabalha com o Harry.

Anthony: — E como vocês se conheceram?

Roberta: — Nos conhecemos em um jogo de boliche virtual, certo, baby?

Lype: — Quê?

NARRADOR: Lype fala baixinho e recebe um chute de Roberta. Entendendo o jogo ele fala:

Lype: — Senhor, ela é a minha namorada. Espero que um dia ela se torne minha esposa e possamos ter filhos, na verdade dois filhos, um menino e uma menina. Certo? Minha esposa?

NARRADOR: Roberta pensa consigo mesma: "Onde fui me meter? Esse cara só pode ser maluco. Meu Deus!!!"

Anthony: — Ok, mas eu quero saber o que o Harry está fazendo na minha cozinha? E o que esse seu namorado está fazendo aqui em casa?

Harry: — Eu estava fazendo o café da manhã para vocês, incluindo para o meu sogro, um bife à parmegiana, eu sei que o senhor gosta.

Anthony: — Você adivinhou ou alguém que te contou?

Harry: — Não, eu adivinhei.

NARRADOR: Ray acorda e vai para cozinha. Enquanto isso Roberta guarda sua indignação em relação às mentiras do Harry, tomando o seu café.

Ray: — Oi, tio. Oi, mana.

Anthony: — Oi, linda.

Harry: — Eu adivinhei a sua comida também, meu amor. Você tem um namorado muito especial.

NARRADOR: Roberta começa a engolir em seco, ouvindo todas as mentiras de Harry.

Roberta: — Que sem noção. É bom ser um adivinho, hein?

Maya: — Obrigada, amor, por adivinhar o que eu gosto.

Anthony: — Até que esse rapaz é legal, mas, então, adivinha o número da Mega-Sena? NARRADOR: Anthony termina de tomar o café da manhã. Ficou maravilhoso o bife à parmegiana. Roberta, indignada e vendo a falta de consideração de Harry por ela, depois de oferecer ajuda, sai correndo, de pijama, e vai em direção à rua.Chorando e sofrendo, não preocupa para onde está indo.

Ray: — Eu sabia que alguma coisa estava errada aqui.Como você pode acreditar nele, tio? Amiga!!! Espera por mim.

Maya: — Você é realmente sem noção.

Harry: — Você gostou do que eu preparei para você?

O ACIDENTE

NARRADOR: Maya continua tomando seu café e dá um chute em Harry, que grita de dor. Enquanto Maya discute com Harry, Anthony sobe para o quarto, toma um banho rápido e desce para procurar Roberta. Roberta corre pela rua chorando, quando de repente, por não ver o carro em sua direção, ela acaba sendo atropelada, caindo desacordada no chão devido à forte batida.

Maya: — Vai cuidar do seu amigo, tanto faz o que ele é seu.

NARRADOR: Maya sobe para o quarto, toma um banho, coloca uma roupa e, em seguida, vai para a rua atrás de sua irmã. Ray vê umas pessoas ao longe, ao redor de um carro e vai ver o que aconteceu. O porquê da aglomeração de um bando de curiosos.

Ray:— O que será que aconteceu?

NARRADOR: Ela chega mais perto e vê uma moça toda ensanguentada caída no chão.

Ray: — Não pode ser? Meu Deus!!! Roberta!!! Minha amiga!!! Acorda, acorda, Roberta!!!!

NARRADOR: O motorista do carro envolvido no atropelamento pergunta a Ray se conhece a moça acidentada. Ray balança a cabeça, não conseguindo falar nada. Ele pede para ela respirar fundo, se acalmar e passar o número do telefone de um familiar.

Motorista: Eu preciso informá-los sobre o acidente antes de a ambulância chegar.

NARRADOR: O telefone toca, Maya atende.

Maya: — Oi. Quem está falando?

Motorista: — A Roberta sofreu um acidente e é melhor você vir rapidamente. Já chamei a ambulância.

Maya: — Ok, obrigada. Onde, onde foi o acidente? Tá, obrigada.

NARRADOR: Ray liga para Anthony e conta o que aconteceu. Anthony e Maya se dirigem para o local do acidente.

Anthony: — Não!!!!! Por quê? Não pode ser, primeiro foi você e agora ela, tudo por causa desse seu namorado. Se algo acontecer com ela, eu mato ele!

Maya: — Calma, primeiro temos que ver como ela está, para depois pensarmos no que vamos fazer.

Anthony: — Não, meu anjo, se alguma coisa acontecer com ela, prometo que vou matá-lo.

Maya: — Está bem. Pai, pega o carro, para seguirmos a ambulância até o hospital.

Anthony: — Ok.

NARRADOR: Anthony vai para casa rapidamente, pega a chave e coloca as coisas que Roberta vai precisar em uma mala, desce e vai até o carro. Harry o vê saindo e vai para fora da casa.

Harry: — O que você tem? Cadê a Roberta?

NARRADOR: Anthony nervoso, liga o carro e vai na direção de Harry.

Anthony: — Não fale o nome da minha filhinha. Só se você quiser morrer hoje. Você quem sabe.

Harry: — Nossa! Por que você está tão bravo? O que aconteceu? Por favor, me conte, afinal vamos ser uma família.

Anthony: — Quem disse que vamos ser uma família? Numa família as pessoas cuidam uma das outras. Fico feliz que você e Maya não estejam casados.

NARRADOR: A ambulância chega no local do acidente, pega a Roberta e a leva para o hospital. Anthony sai e vai para o local do acidente. Maya e Ray entram no carro. Anthony segue a ambulância. Maya e Ray choram e Anthony segura-se para não chorar.

HOSPITAL DE NOVO

NARRADOR: Chegando ao Hospital, os três se dirigem para a recepção.

Anthony: — Calma, vocês duas.

Maya: — Quero ver a minha irmã. A ambulância trouxe ela para cá agora. Ela sofreu um acidente e chama Roberta Reyes.

Recepção: — Ela está sendo operada agora.

Maya: — Mas ela está bem? É muito grave? Por que ela está sendo operada? Que horas vai terminar a cirurgia?

Recepção: Ela sofreu fraturas. Está sendo preparada para uma cirurgia. Depois que terminar a cirurgia, ela vai para sala de recuperação. Quando terminar cirurgia os médicos vêm falar com os familiares. Fiquem calmos e esperem.

Maya: — Sim.

Ray: — Venha, vamos sentar e esperar os médicos.

Maya: — Sim.

Anthony: — Tomara que seja rápido, não aguento de ansiedade.

Maya: — Sim.

NARRADOR: Algumas horas depois, um médico vai em direção deles.

Médico: Vocês são os familiares da Roberta Reyes?

Anthony: Eu sou Anthony o pai de Roberta Reyes. O que ela tem, doutor? Por que foi preciso operá-la?

Médico: Ela sofreu algumas fraturas e por isso foi operada. Ela ainda está sob o efeito da anestesia, está na sala de recuperação até o efeito da anestesia passar. Depois vai ser transferida para o quarto, onde vocês poderão vê-la. A recepção os avisará quando ela estiver no quarto. Podem ficar tranquilos que tudo correu bem. Mais tarde, ela vai fazer mais exames e se tudo estiver bem, ela vai para sala de curativos para engessar o ombro e o braço. Por enquanto, ela está em observação devido à queda. Pode ser que surja alguma reação devido à batida. Vamos acompanhar a sua recuperação.

Anthony: — Sim, senhor. Obrigada.

NARRADOR: Maya liga para o Harry.

Maya: Oi, bebezinho, venha para o hospital.

Harry: — Hospital? O que aconteceu? Vocês saíram, não falaram nada. Aconteceu alguma coisa com a Roberta?

Maya: — A Roberta foi atropelada. Passou por uma cirurgia e, agora, está na sala de recuperação e depois vai para o quarto. Ela ainda está dormindo por causa da anestesia.

Harry: — É grave? Estou a caminho, coração. Passa o endereço.

NARRADOR: A recepcionista chama Anthony e passa o número do quarto de Roberta, avisando que pode vê-la. Anthony dirige-se para o quarto, entra e vê Roberta na cama dormindo e, não aguentando mais, começa a chorar.

Anthony: — Filha, meu amor, o único culpado de tudo isso é o namorado da sua irmã. Mas você vai sair dessa, porque é minha princesa, é muito forte e eu preciso de você.

NARRADOR: Com o barulho, Roberta acorda vagarosamente, ainda sob os efeitos da anestesia.

Roberta: — Cadê as meninas? Pai, por favor, não faça nada com o Harry, ele não teve culpa e é namorado da minha irmã. Então, por favor, não faça nada. Só me deixa conversar com ele sozinha. Tudo bem para você, pai?

Anthony: — Sim, meu anjo, agora você tem que descansar. Eu farei tudo que você quiser, afinal você e sua irmã são a razão da minha vida. Mas eu preciso contar uma coisa para vocês duas.

Roberta: — Está bem, pai, você pode me contar, mas antes eu quero falar a sós com o Harry.

Anthony: — Ok, neném.

NARRADOR: Harry vai para o quarto da Maya. toma um banho rápido, apronta-se e sai com o Lype, dirigindo a limusine rumo ao Hospital. Harry desce do carro, pede para o Lype esperá-lo no carro e vai correndo para a recepção.

Harry: — Oi, amor!!!

Maya: — Amor, senti sua falta. — Beijando-o.

Harry: — Eu também, muita. Mas como que está a sua irmã? Ela está bem?

Maya: — Foi operada e agora meu pai está com ela. Só pode entrar um de cada vez.

Anthony: — Por que você quer falar com Harry?

Roberta: — Eu quero falar uma coisa para ele. Cadê as meninas? Eu quero vê-las, também.

Anthony: — Fala para mim e eu falo para ele, amor.

Roberta: — Não, eu vou falar pessoalmente.

Anthony: — Ok!!! Vou ver se ele já chegou.

Roberta: — Ok!!!

Anthony: — Te amo muito, filha.

Harry: — Mas como ela se machucou?

Anthony: — Harry, a Roberta quer falar com você.

Harry: — Eu???

Anthony: — Não, com a lua. Claro que é você, lerdo!!!

Harry: — Oxe!! Já estou indo. Onde é o quarto dela?

Anthony: — Ali, em frente. Ele tem culpa no cartório e ela pede para vê-lo. Que mundo é esse?

Ray: — Calma, ele não sabe de nada.

Anthony: — Calma, coisa nenhuma.

NARRADOR: Harry, enquanto se dirige para o quarto onde Roberta está, liga para o irmão pedindo que venha para hospital.

Coopyr: — Quem morreu?

Harry: — Ninguém. A irmã da Maya, Roberta, foi atropelada e precisou fazer uma cirurgia.

Coopyr: — Então?

Harry: — Estou pedindo para me ajudar.

Coopyr: — Ok!!! Já, já apareço aí. Envia o endereço pelo WhatsApp.

NARRADOR: Após um tempo, Coopyr chega no hospital e Maya o vê e não acredita no que está vendo. Coopyr se aproxima e a cumprimenta.

Maya: — Não é possível!!!

Coopyr: — Oi, gata!!!

Maya: — É você?

Coopyr: — Não. Um elefante.

Maya: — Ha, Ha, Ha!!! Uau, você aqui!!! Mas quando você chegou?

Coopyr: — Tenho uma surpresa para você.

Maya: — Você conhece meu pai?

Coopyr: — Não. Por quê?

Maya: — Hoje, você vai conhecê-lo.

Coopyr: — Ok.

Maya: — Pai, venha aqui.

Anthony: — Oi, meu amor. Quem é esse rapaz?

Maya: — Meu amigo. É o Coopyr.

Anthony: — Oi! Prazer em conhecê-lo.

Coopyr: — Encantado, senhor.

Anthony: — Estou vendo que você é mais legal do que aquele outro sujeito.

Coopyr: — A Jiboia? Sim. Sou o mais lindo, gostoso e gentil.

Anthony: — Humm... Jiboia?

Maya: — Coopyr é o irmão do Harry.

Anthony: — Bom, você é legal mesmo. Viu, amor, que você namora o sujeito errado. O dia que você for namorar, me chama, para eu conhecer o cara e dizer-lhe se é legal ou não.

Maya: — Você, hein, pai!!! Você só fala. E no seu caso, então? Demora muito pra encontrar uma namorada.

Anthony: — Escolho a dedo, para não me enganar.

Maya: — Não escolhe demais, senão não sobra ninguém.

Anthony: — Vou pensar no seu conselho, mas seguindo o seu exemplo, acho que é melhor ficar só.

CONFISSÃO EXPOSTA

NARRADOR: Harry entra no quarto de Roberta e a vê dormindo. Aproxima-se e acaricia a mão dela levemente, procurando não a acordar e pensa como ela é linda dormindo. Alguns minutos depois, a Roberta acorda e vê Harry do seu lado.

Harry: — Descansa.

Roberta: — Não. Eu preciso dizer-lhe algo.

Harry: — Pode falar, mas com calma, pois você está em recuperação.

Roberta: — É uma canção que fiz para você, chama "O Amor Dói"

Roberta: NÃNÃNÃ NÃNÃNÃ
Quando eu vi você
Meu mundo girou intensamente
Não sabia o que era amor
Amor verdadeiro
Até que você apareceu
Para mostrar-me o que é amar
Eu não queria me apaixonar
Por alguém que só olhava para minha irmã
A minha irmã
Só notava a minha irmã
E eu nada, nada, nada
Você deixou minha vida um caos
Quando eu vi você
Meu mundo girou intensamente

Não sabia o que era amar
O amor verdadeiro
Até que você apareceu
E eu descobri que o amor dói
Que o amor dói e como dói!!!

Harry: — Nossa!!! Você me amava? Uau!!! Mas por que não falou nada?

Roberta: — Você escolheu minha irmã, seu idiota.

Harry: — Não sabia. Não suspeitava que você me amava.

Roberta: — UAU!!! Agora sabe. Demorou muito para a ficha cair?

Harry: — Você canta muito bem. Fiquei impressionado. Parabéns!!! Você me amava desde quando?

NARRADOR: Roberta, pensa e conclui que o Harry não ouviu nada: "É um idiota mesmo. Aff!!! Nem sei se amo mesmo de verdade".

Roberta: — A primeira vez que eu o vi foi na sala de aula. Eu o chamei de gato, lembra?

Harry: — Ok. Você já está melhorzinha. Né?

Roberta: — Sim.

Harry: — Bom, desculpa-me por não a ter escolhido. Agora, descansa para ficar forte e sair daqui.

NARRADOR: Roberta olha para ele e sente-se totalmente infeliz. Harry sai do quarto pensativo, preocupado com todos os acontecimentos. Sem saber como resolver a confusão em que se meteu. Vai para recepção e senta numa poltrona, para pensar e achar uma solução, pois algo mexeu dentro dele.

SURPRESA

NARRADOR: Coopyr pensa e chega à conclusão de que aquele é o momento certo para fazer a surpresa para Maya. Todas as coisas estão no carro. É só dar uma fugidinha e organizar tudo e depois levá-la até o local. Resolve que não vai perder esta chance. Arruma uma desculpa, sai e procura um local aberto para que Maya possa apreciar o show. Depois de tudo pronto, retorna e puxa Maya para o lado.

Coopyr: — Vem comigo.

Maya: — Calma, meu namorado já volta.

Coopyr: — Deixa ele. Agora, vem comigo.

Maya: — Espera. Tenho que avisar o meu pai.

Coopyr: — É rápido, não precisa avisá-lo.

Maya: — Ok.

NARRADOR: Maya acompanha Coopyr, que a leva para um local afastado.

Coopyr: — Fica aqui quietinha, ouviu?

Maya: — Sim.

NARRADOR: Rapidamente, Coopyr prepara a sua surpresa, enquanto Maya fica esperando. Alguns minutos após, Coopyr retorna até onde Maya está.

Coopyr: — Vem comigo. Vou levá-la para uma surpresa que você vai amar.

Maya: — Ok! Então vamos.

Coopyr: — Vamos.

Maya: — O que é?

Coopyr: — Você vai ver.

Maya: — Ok

NARRADOR: Coopyr coloca uma venda os olhos de Maya e a leva para o local da surpresa.

Maya: — Seu maluco, não estou vendo nada.

Coopyr: — Confia em mim. Você vai ver em 5, 4, 3, 2, 1... Pronto tirei a venda, agora olha para o céu, onde estou apontando.

Maya: — Uau!!! Que lindo!!!

NARRADOR: No céu, fogos de artifícios surgem um atrás do outro, montando frases: "Te amo muito, Maya. Você pode não acreditar, mas eu não sei viver sem você."

Coopyr: — Então, gostou?

Maya: — Lindo!!! Amei!!!

Coopyr: — Larga ele e fica comigo.

Maya: — Calma. As coisas não resolvem assim.

Coopyr: — Te quero para sempre. Eu sempre sonho com você e seus beijos. Você é a minha luz, você é o meu mundo. Desde que te conheci eu fiquei amarradão em você. Eu te amo! Eu amo tudo em você. Na verdade eu sou louco por você. Eu sempre sonhei em tê-la nos meus braços. O que você me diz?

Maya: — Que surpresa linda! Não sei o que falar mesmo, estou sem palavras.

Coopyr: — O seu pai já me aceitou como seu namorado. Agora só falta você decidir. O aval do seu pai eu já tenho.

Maya: — HA! HA! HA!

O BEIJO TÃO ESPERADO

Coopyr: — Fala logo, mas antes deixa eu te dar uma coisa.

Maya: — Uau!!! Não é meu aniversário.

NARRADOR: Enquanto isso, no hospital, Roberta acorda e nota que Harry está do seu lado. Olha nos olhos dele e declara.

Roberta: — Eu sei que você escolheu minha irmã e eu fiquei para escanteio. Mas eu me apaixonei por você primeiro. Eu vou fazer de tudo para ter você para mim.

NARRADOR: Harry, de repente, beija-a. Não resiste àquele olhar apaixonado.

Harry: — Desculpa por tê-la beijado! Não sei o que me deu.

Roberta: — Não precisa se desculpar.

NARRADOR: Harry a beija novamente, agora apaixonadamente.

Roberta: — Que beijo!!!

Harry: — Bom. Não fala nada para sua irmã, senão ela briga comigo.

Roberta: — Sempre ela em primeiro lugar. Aff...

Harry: — Roberta...

Roberta: — Não, pare!!! Não fala.

Harry: — Você é linda! E estou me apaixonando por você. Você é tão doce!!!

Roberta: — Será que você me ama de verdade? Se me amasse, você terminaria com a Maya.

Harry: — Não é tão fácil assim.

NARRADOR: Ao mesmo tempo, Coopyr está pressionando Maya.

Maya: — Mais surpresa?

Coopyr: — Tem mais, amor. Olha esse presente, é para a dona do meu coração.

Maya: — Mais???

Coopyr: — Sim, minha princesa.

Maya: — Vamos ver o que é.

Coopyr: — Sim. Vou pegar e já volto. Fique aí, bem quietinha. Não saia.

Maya: — Como eu vou embora?

Não sei como voltar para o hospital.

Coopyr: — Vou voando e volto, enquanto você fica aí esperando.

Maya: — Não fui para casa, viu?

Coopyr: — Então, você não é um fantasma?

Maya: — Cadê a surpresa? Aonde está?

NARRADOR: Coopyr entrega-lhe uma caixa. Maya fica olhando a caixa surpresa, não esperava.

Maya: — Que caixa é essa?

Coopyr: — Abra e veja a surpresa.

NARRADOR: Maya abre a caixa.

Maya: Que anel lindo!!! É o anel mais lindo que já vi. Mas o que significa? Por que você está me dando este anel?

Coopyr: — Você quer namorar comigo? O meu irmão não precisa saber.

Maya: — Vou ter que pensar. Depois eu respondo.

Coopyr: — Rápido.

Maya: — Ainda quer que a resposta seja rápida?

Coopyr: — Sim.

Maya: — Mas o meu coração tem dono e não é você. Sabia???

Coopyr: — Exatamente. Mas você me beijou mais de duas vezes e gostou dos meus beijos. A não ser que a senhora o ame. Isso é possível?

Maya: — Hummm...

Coopyr: — Você só não fala a verdade, mas sei que você me ama.

Maya: — Hummm

Coopyr: — Qual é a sua resposta?

Maya: — Nenhuma.

Coopyr: — Eu ajudo você a decidir.

NARRADOR: Coopyr beija-a apaixonadamente e repete o beijo. Maya o afasta.

A PREFERIDA É SEMPRE ELA

NARRADOR: Enquanto isso, Roberta dorme novamente, devido ao efeito dos medicamentos, e tem um pesadelo, onde está brava com Harry. "Maya, Maya, eu amo a Maya. Que coisa, sempre a Maya. Aff!!! Ainda por cima ele me pede para não contar para Maya. Sempre ela, ela em primeiro lugar e eu sempre em segundo plano. Não vai ficar assim, ele vai ser meu... Parece que não existe outra mulher no mundo. Só tem ela." Roberta solta um grito e acorda. Ray, Anthony e o Harry esperam na recepção, dormindo no sofá do hospital. Algumas horas depois, Anthony, Ray e Harry acordam e vão para a lanchonete do hospital comer alguma coisa até Roberta terminar os novos exames.

Ray: — Vou ver a Roberta.

Anthony: — Pergunta para ela por que ela quis falar com o culpado...

Ray: — Ok.

Harry: — Culpado de quê?

Ray: — Nada. Vou ver a Roberta.

Anthony: — É melhor falar quem é.

Harry: — Fala que eu vou dar um soco nessa criatura por ter machucado a Roberta.

Anthony: — Tem certeza?

Harry: — Óbvio.

Anthony: — É o cara com quem estou falando.

Harry: — Quem?

Anthony: — Que burro!!! É você mesmo.

Harry: — Eu?

Anthony: — Estou falando grego?

Harry: — Sim.

Anthony: — Que ideia da Maya de namorar um completo idiota.

NARRADOR: Anthony, nervoso e inconformado, levanta e retorna para a recepção do hospital. Harry o segue.

Harry: — Ok, pai.

Anthony: — Não me chama de pai, eu não te dei essa liberdade.

Harry: — Como é bravo. Nossa!!!

Anthony: — Falo sério. Que belo namorado que a minha princesa arrumou.

Harry: — Ela me ama. E agora precisa da sua aprovação?

Anthony: — Que namoradinho sem graça.

Harry: — Ela me escolheu, não tenho culpa de ser o seu amor, que é recíproco.

NARRADOR: Anthony dá um soco em Harry.

Harry: — Aííí...Você me deu um soco. Quer brigar aqui no hospital? Nós estamos em um hospital, lembra?

NARRADOR: Anthony, furioso, não escuta o que Harry falou e lhe dá outro soco no nariz, que começa a sangrar.

Harry: — Que mão pesada.

Anthony: — Você é um frango mesmo, um folgado.

NARRADOR: Anthony se afasta de Harry, que não reage aos socos, compreendendo que o pai de Maya está desesperado por causa do acidente. Uma reação que nunca tinha visto na sua família.

Anthony: — E aí, Ray, quais são as notícias sobre o estado da Roberta?

Ray: — Não sei.

Anthony: — Mas você não foi ver a menina?

Ray: — Eu esqueci.

Anthony: — Que amiga!!! Uauu...

Ray: — Mas agora eu vou ver e você fica aqui. Eu vou falar com ela. Só deixa os médicos virem para autorizar a minha entrada. Ok?

Anthony: — Ok. Mas esses médicos demoram muito, é uma lerdeza. Até um coelho é mais rápido do que eles.

Ray: — Calma. Vamos esperar com calma. Vamos esperar com calma, entendeu, tio? Muita calma.

Anthony: — Ok. Mas é uma demora insuportável.

Ray: — Eu acho que eles estão vindo.

Anthony: — Aleluia!!!

NARRADOR: Algumas horas depois, o médico vai até eles e relata que a Roberta está bem, que os exames mostraram que a cirurgia foi perfeita. Assim que a sala de curativos estiver desocupada, a Roberta engessará o ombro e o braço. Harry vai para a toalete do hospital e fica assustado ao ver seu nariz sangrando. Limpa o nariz e pensa no que pode fazer para resolver a situação, já que ele não pode bater no pai de Maya. Volta para a recepção do hospital.

Anthony: — O burro está a solta. Ah!! o idiota tem nome.

Ray: — Parem!!! Será que vocês não vão se dar bem nunca?

Harry: — Estou fazendo tudo que posso.

Anthony: — Não. Nunca mesmo.

POR QUE NÃO TERMINA?

NARRADOR: Após engessar o ombro e o braço, Roberta é levada para o quarto. Harry aguardava o retorno da Roberta ao quarto.

Roberta: — Oi!!!

Harry: — Olá, preciosa!!!

Roberta: — Por que você está dizendo isso? Sou sua Preciosa? — pergunta, olhando nos seus olhos.

Harry: — Só tem você aqui, oras.

Roberta: — Hummm... Agora sou preciosa.

Harry: — Sim, você é.

Roberta: — Eu pensei que a sua preciosa era a sua namorada.

Harry: — Não, é você.

Roberta: — Humm, sei...

Anthony: — Oi, pequena, como você está?

Roberta: — Oh!!! Pai, te amo muito, mas tira ele daqui.

Ray: — Sim, miga. Vem, Harry.

Harry: — Só cinco minutos.

Roberta: — Você tem três minutos. Só três.

Harry: — Tá legal!

Roberta: — Vocês podem sair um pouquinho?

Ray: — Sim, vamos, tio.

Anthony: — Está bem. Eu vou com a Ray, mas volto, e você, seu idiota, não demora muito com minha filha.

NARRADOR: Ray puxa o pai de Roberta pela mão até o corredor e fecha a porta.

Roberta: — O que você quer?

Harry: — Eu sei que escolhi muito mal a namorada. Mas você é a minha preciosa. Agora que percebi que eu estava errado. Eu confundi entusiasmo com amor. Eu não vi quem era o meu verdadeiro amor, que é você. Maya foi o meu primeiro entusiasmo, o amor que acordou o meu coração, mas você é tão linda, doce, engraçada, romântica. Você é muito gata e, também, muito bonita. Eu só quero que um dia me perdoe por tudo.

Roberta: — Jura que sou sua preciosa? Ha! Ha! Ha!... Então porque você não termina com a minha irmã para eu acreditar em você.

Harry: — Não é fácil terminar com ela, agora. Eu gosto dela. Não quero fazê-la sofrer.

Roberta: — Sabia. Você acha que eu não tenho sentimentos, mas eu tenho. Você me machuca por quê? Faça-me um favor, não fale mais comigo, enquanto não terminar com ela. Decida quem você realmente quer.

O CULPADO

Harry: — Mas me diz uma coisa, por que você saiu correndo daquela maneira?

NARRADOR: Roberta apenas respira fundo e olha bem nos seus olhos e depois fala.

Roberta: — O culpado é uma pessoa.

Harry: — Hum... Mas quem é essa pessoa? Me fala, que eu vou matar essa pessoa. Me fala quem é?

Roberta: — Então tem que matar você, né? Porque foi você que fez tudo isso. Ainda bem que eu não perdi nenhum músculo ou não perdi nada, acho. Mas você vai ter que matar você mesmo.

Harry: — Eu?

Roberta: — Não, minha avó. Lógico que é você.

Harry: — Como eu?

Roberta: — Foi você mesmo, de verdade. Então, mata você.

Harry: — Coitado de mim.

Roberta: — Coitado nada, foi você e aquela traíra. Se você não terminar com ela, não fala comigo e nem olha para mim. Pensa que eu não existo, e acredita que eu estou morta para você. Agora sai.

NARRADOR: Harry sai, sem jeito, sem entender completamente tudo o que aconteceu e, também, com os sentimentos confusos, pois seu coração está dividido. Anthony e Ray entram no quarto.

Ray: — Você contou a verdade?

Roberta: — Sim.

Anthony: — Muito bem.

Roberta: — Que dia eu vou poder ir para casa? Eu quero ir para casa hoje.

Anthony: — Já volto. Vou perguntar para os médicos.

Roberta: — Ok.

NARRADOR: Anthony sai procurando o médico. Assim que o encontra, pergunta-lhe que dia Roberta receberá alta. O médico explica que a cirurgia da Roberta foi perfeita, que ela já está engessada e os exames mostraram que está tudo bem em relação à queda, assim, ele pode dar alta hoje mesmo.

Roberta: — Miga, você sabia que aquele moleque teve a audácia de me beijar?

Ray: — Uauu!!!!Ele é doido.

Roberta: — Acho que sim, mas quem é doido?

Ray: — Ué? O Harry. Estamos falando de quem?

Roberta: — É mesmo, miga.

Roberta: — Aí, pai, o que ele falou?

Anthony: — Ele disse que você vai receber alta daqui a pouco. Ele vem aqui para conversar com você e dar alta.

Roberta: — A minha irmã não veio me ver, né? E ela diz que eu sou sua minha irmã favorita.

Ray: — Não se preocupe com ela. Agora, se preocupa com você e com quem veio aqui vê-la, eu, o seu pai e esse moleque doido.

Anthony: — Esse moleque? Ele não é um moleque, ele é um idiota. Ainda bem que nada aconteceu com você, senão eu matava ele. Mas o doutor está demorando. Será que o médico vai aparecer, Ray?

Ray: — É pra aparecer.

NARRADOR: O médico chega, pede desculpa, mas teve que atender uma emergência antes da visita. Examina Roberta e explica-lhe que está reagindo bem e que pode ir para casa, mas terá de descansar e evitar esforços. Retorna daqui uma semana para tirar os pontos das cirurgias e fazer uma nova avaliação.

Roberta: — Ok, doutor. Vamos, pai, miga?

Ray: — Claro.

Anthony: — Sim.

Médico: Vocês querem que eu chame aquele moço para ajudá-los?

Anthony: — Ele não é nada da família e nós não o conhecemos. Ele é um desconhecido. Então, é melhor chamar a polícia.

Médico: — Nossa!!! Ok, senhor, e descanse, Roberta.

Roberta: — Está bem, doutor.

NARRADOR: Roberta tentando levantar, escuta o que o pai disse e fica segurando o riso. Anthony ajuda a filha a se levantar e descer da cama. Pega as suas coisas e saem do quarto, dirigindo-se para o estacionamento. Harry, após sair do quarto da Roberta, atordoado com o que ouviu, sentou numa poltrona e dormiu. Assim, a família Reyes e Ray saíram do hospital e o Harry não viu. Ray afasta-se um pouquinho e aproveita para ligar para Maya.

Maya: — Oi, tudo bem?

Ray: — Criatura, onde você está? Nós estamos indo para sua casa e é melhor você estar lá.

Maya: — Oxe... Já estou indo.

Coopyr: — O que foi, meu anjo?

Maya: — Ela nem para ser educada!!! Amiga da minha irmã.

Coopyr: — Dá um beijo na boca dela. Te amo.

Maya: — Eu também te amo. Eu sempre vou te amar e guardar a minha resposta no mesmo lugar. Tchau!!!!

NARRADOR: Maya sai correndo, chama um táxi e vai para casa. Anthony coloca Roberta no banco de trás e senta ao seu lado. Ray vai dirigindo. Chegam em casa e não encontram Maya. Anthony ajuda Roberta a entrar e ir para o seu quarto para descansar.

Anthony: — Roberta, eu não aguento mais. Eu preciso te contar uma coisa e é muito importante. Então, depois que você tomar banho e estiver deitada, nós vamos sentar e eu vou te contar. Não vamos enrolar mais. Nós vamos conversar sobre o que eu preciso te falar, hoje. Certo?

Roberta: — Tá bom, papi. Como quiser.

Ray: — Tio, vou ajudar a Roberta a tomar banho e se vestir.

A VERDADE

NARRADOR: Roberta toma banho, coloca o pijama. Seu pai entra no quarto, também de pijama, pronto para ter a tal conversa urgente.

Anthony: — Oi, princesa, tudo bem? Vamos conversar?

Roberta: — Estou bem, pai. Vamos.

Maya: — Oi, irmã, tudo bem?

Roberta: — Oi, idiota!!!

Maya: — O que eu fiz?

Roberta: — Eu cansei de ficar aguentando. Você não me conhece, mas agora você vai me conhecer de verdade. Você sabia o quanto eu gostava do Harry. Eu o vi primeiro e mesmo assim você ficou namorando com ele na minha frente. Você é uma idiota mesmo, uma traíra. Nós nunca mais vamos ser irmãs unidas.

Maya: — Então, por que você não falou?

NARRADOR: Maya dá um empurrão em Roberta, que desequilibra, mas Ray corre e segura a amiga, impedindo que ela caia no chão.

Ray: — Você é louca? Você tem que ir para o hospício. Vossa excelência não sabe que ela acabou de sair do hospital, acabou de fazer uma cirurgia, precisa de repouso absoluto. Agora, quer matar ela de vez?

Maya: — Não é nada mal matar a minha irmã de vez. Né, irmãzinha? Você não é nem da família, você é um fardo.

Anthony: — Chega (grito)!!! Você está cega? Não vê que a menina saiu do hospital agora e precisa se recuperar de tudo que passou e você fica falando essas besteiras? Quer matar a menina? Então, pode matar a vontade, mas antes você vai ter que se ver comigo.

Maya: — Pai, fala a verdade pra ela.

Anthony: — Ei, parem, por favor. O que aconteceu com você, Maya? Vocês eram tão grudadas?

Maya: — Pergunta para essa aí. Foi ela que começou.

Roberta: — É porque ela tirou alguém que eu gostava tanto, ela é uma ingrata.

Anthony: — Quem?

NARRADOR: No hospital, Harry acorda e vai até o quarto da Roberta e não vê ninguém. Ele vai até a recepção e fica sabendo que ela recebeu alta e que não foi avisado. Sai furioso, indo para a casa de Maya, entrando rapidamente. Escuta gritos e percebe que estão brigando no quarto. Dirige-se para lá, e vê Maya batendo em Roberta e sendo empurrada por ela. Harry entra no meio das duas, separando-as.

Roberta: — Harryzinho.

Maya: — Que apelido é esse?

Roberta: — Ué? Me diz você? Ele era meu e eu o amava. Você é surda e não percebe. NARRADOR: Roberta beija Harry apaixonadamente e ele retribui.

Anthony: — Já era tudo.

Ray: — Que fofos!!!

Maya: — Ei, ele é o meu namorado, sua ridícula.

Roberta: Está falando comigo? — diz Roberta, continuando o beijo.

NARRADOR: Harry se afasta e, olhando nos olhos de Roberta, pergunta: — Tem certeza?

Anthony: — Vamos conversar, Roberta.

Roberta: — Sim, pai. O que você tem pra falar?

Anthony: — Uma coisa que vai mudar a sua vida e eu não sei se você vai continuar gostando de mim do mesmo jeito.

Roberta: — O que é, pai, fala?

Anthony: — Você é adotada. Eu não sou seu pai biológico.

Roberta: — O quê? A minha vida foi uma mentira?

NARRADOR: Roberta sai correndo, esquecendo que precisa tomar cuidado por causa da cirurgia e vai para o jardim chorando. Harry vai atrás dela e a abraça com carinho. Roberta retribui o abraço e fica chorando.

Roberta: — Por que eu???

Harry: — Ei!!! Você sabia que eu não sou irmão de Coopyr. Eu sou só meio-irmão. E isso não é a mesma coisa de ser adotado? Mas você teve uma pessoa muito especial na sua vida que é o Anthony, ele é o seu pai. Ele te criou. Ele sempre será o seu pai, é só você querer. Os seus pais foram idiotas deixando-a num orfanato. Mas você teve a sorte de um indivíduo, um ser humano maravilhoso, que é o seu pai, te escolher e te amar. Ele te criou com muito amor. Então, ele é mais que um pai, ele é um anjo na sua vida. É o pai que eu queria que me criasse e não o que me colocou no mundo e deixa para os ventos criarem.

Roberta: — Você tem razão e é por isso que eu te amo. Sabia?

Harry: — Vai lá. Conversa com ele e dá um grande abraço, pois ele está sofrendo muito.

Roberta: — Ok. Você está certo.

NARRADOR: Roberta entra em casa e vai até o Anthony, dá-lhe um abraço apertado. Anthony retribui o abraço, feliz por ter sido perdoado.

Anthony: — Desculpa, meu anjo, por não ter falado antes e por dizer assim nesse momento tão difícil, depois de tudo o que você passou.

Roberta: — Pai, te amo. Obrigada por me escolher e por cuidar de mim tão bem. Eu não sabia, mas você continua sendo muito especial, por me escolher entre muitas crianças. Você me escolheu, obrigada, eu te amo muito. Você não precisa ser o meu pai de sangue, mas é o meu pai, que me criou com muito amor e carinho. Não me abandonou. Poxa!!! Não é o meu pai biológico, mas você foi quem me criou. Para mim você é o meu verdadeiro pai, biológico ou não, o verdadeiro que eu amo.

Anthony, em lágrimas: Você também é minha vida, eu amo você, é a minha princesa, eu amo mais que tudo.

Roberta: — Pai, você vai aceitar o Harry como seu genro?

Anthony: — Claro que eu aceito. Eu fiz uma piada, estava desesperado pelo que te aconteceu. Mas se eu não aceitar, vocês vão fazer uma besteira, eu aceito. Você fala, mas se você magoar a minha Roberta eu te mato. Estou falando sério.

Harry: — Obrigado, sogro.

Roberta: — Pai, eu vou para o quarto descansar e para namorar.

Anthony: — Legal!!! Vai, filha, pode ir.

Roberta: — Vamos, Harry.

NARRADOR: Roberta sobe com Harry para o quarto. Maya fica pensando e resolve sair por um tempo, para colocar os seus sentimentos em ordem. Percebe que tudo se resolveu e ela pode ir atrás de seu grande amor.

Roberta: — Finalmente, eu estou com homem dos meus sonhos. Eu te amo e ninguém vai me separar de você — diz, beijando-o apaixonadamente.

Harry: — Você precisa descansar para recuperar rápido.

Roberta: — Tem razão. Estou um pouco cansada. Foi muitas emoções para um dia só.

NARRADOR: Roberta continua a beijá-lo Harry fica sentado ao seu lado, segurando a sua mão, até ela adormecer. Desce e vai até o carro dispensar o Lype.

Harry: — Lype, pode ir para casa. Eu vou ficar aqui cuidando da Roberta. Se eu precisar de você, eu ligo.

Lype: — Claro, senhor. Até!!!

O RECOMEÇO

NARRADOR: Maya decide procurar Coopyr e declarar o seu amor. Liga para ele e pede o seu endereço. Coopyr ainda está vendo o céu distraído. Maya chega e vê o Coopyr, anda bem devagarinho e tampa seus olhos.

Coopyr: — Quem é?

NARRADOR: Maya chuta o pé dele.

Coopyr: — Oxe!!! Que brincadeira sem graça. Aiii!!!

Maya: — Ha! Ha! Ha!

Coopyr: — Maya, é você?

NARRADOR: Maya vira e fica de frente para ele. Olha em seus olhos e dá-lhe um beijo quente.

Maya: — Eu vou pegar este anel e não vou soltar jamais.

Coopyr: — Afff!!! Uau!!! Quer dizer que você me escolheu?

Maya: — Simmmm!!!

NARRADOR: Coopyr a pega e fica girando com ela nos braços.

Maya: — Ha! Ha! Ha! Te amo muito.

Coopyr: — Eu mais ainda. Eu fiz um desenho para você.

Maya: — Você desenha? O que você gosta de desenhar?

Coopyr: — Eu vou mostrar, meu anjo. Vamos, minha diva, deusa e meu amor.

Maya: — Sabia que sei andar. Então, pode me colocar no chão?

Coopyr: — Quero te levar para o carro, madame, não posso?

Maya: — Pode. Mas eu vim de táxi.

NARRADOR: Coopyr a leva até o seu carro. Coloca-a no chão, ao lado do carro.

Coopyr: — Vou levá-la para casa.

Maya: — Você sabe meu endereço? Como descobriu?

Coopyr: — Sei lá. Eu sou vidente.

Maya: — Sei.

NARRADOR: Coopyr abre a porta para Maya entrar e senta ao seu lado, no banco de trás.

Maya: — Quem vai dirigir?

Coopyr: — O motorista. Assim, eu fico te olhando para ter certeza de que não é um sonho.

Maya: — Humm...

Coopyr: — Você quer ir pra onde?

Maya: — Para minha casa.

Coopyr: — Pra quê eu entrei aqui?

Maya: — Pra me ver.

Coopyr: — Convencida!!!!

Maya: — Ha! Ha! Ha! Só percebeu, agora, isso?

Coopyr: — Sim. Bom, vamos para sua casa.

Maya: — Ok. E você?

Coopyr: — Eu fico aqui e o motorista vai levá-la.

Maya: — Tem certeza de que você quer ficar aqui no frio?

Coopyr: — Sim.

Maya: — Ok. Vamos realizar seu pedido.

Coopyr: — Mas que pedido?

Maya: — O seu pedido de ficar aqui. Você não falou que queria ficar aqui?

Coopyr: — Sim. Lembrei. Esse foi o meu pedido. Ha! Ha! Ha!!!!

Maya: — Você é muito estranho. Sabia?

Coopyr: — Não. Então, você me escolheu porque sou estranho. Para você é fácil falar eu que sou estranho e você, não?

Maya: — Humm...

NARRADOR: Coopyr sai do carro, fecha a porta e dá um beijo em Maya.

Coopyr: — O motorista vai deixá-la em casa, ok?

NARRADOR: Maya beija-o.

Maya: — Ok.

Coopyr: — Até, gata!!!

NARRADOR: Maya chega em casa, entra e sobe para o quarto, sem falar com ninguém. Pula na cama, deita e fica relembrando o encontro com Coopyr, até adormecer. Anthony, Ray, Roberta e Harry estão na sala, quando Maya chega, mas ninguém fala nada. Enquanto isso, Coopyr fica olhando o céu por um tempo e, logo depois, decide ir caminhando até em casa, que fica pertinho. Chegando em casa, vai para cozinha pega uma maçã e come, pensativo e feliz. Depois vai para o quarto e dorme em seguida, sonhando com a sua deusa, chamada Maya.

Roberta: — Hora de descansar, pai.

Anthony: — Descansa, linda!!!

Harry: — Posso subir, baby?

Roberta: — Claro, vamos.

Anthony: — Ei!!! Você não vai com ela, porra nenhuma.

Harry: — Por que, sogrinho?

Roberta: — Ha! Ha! Ha!... Parem os dois.

Anthony: — Criatura chata! Você não nasceu grudado com a minha filha. Você só nasceu pra perturbar os outros. Quer saber, façam o que vocês quiserem. Ha! Ha! Ha!...

Roberta: — Sim. Vem, Harry.

Harry: — Oba!!!! Vou cuidar direitinho pra você descansar e ficar boa rapidinho.

Roberta: — Ha! Ha! Ha!...

Harry: — Vamos.

Anthony: — Façam o que quiserem, depois não diga que não avisei.

Roberta: — Tá bem, pai.

Harry: — Boa noite, sogro!!!

Roberta: — Vamos dormir, anjo. Estou cansada e toda doída.

Harry: — Beleza. Ha! Ha! Ha!...

NARRADOR: Harry ajuda Roberta a deitar, deita-se ao seu lado, bem juntinho, e logo a amada adormece. Ele fica observando Roberta dormir, admirando sua beleza, até adormecer.

Anthony: — Meu Deus!!! Que dia! Tomara que esse Harry não machuque a minha filhinha. Vamos dormir, Ray?

Ray: — Vamos, tio. Estou cansada. Foi um dia muito difícil, mas com final feliz para minha miga.

GRUDE OU AMOR

Narrador: Maya tem um sono agitado. Acorda no meio da noite, vira para um lado, para o outro e nada de dormir. Lembra de Coopyr e fica pensando se telefona ou não para o namorado. Procura o celular e não encontra, pois esqueceu onde deixou. Acende a luz e procura pelo quarto o celular, até vê-lo na mesa de cabeceira, ao lado da cama. "Capaz!!! Eu deixei do meu lado". Pensando consigo mesma: "Maya Penser, combina". Suspira, lembrando dos beijos do Coopyr. Pega o celular e liga para o namorado e fica imaginando-o falando que também está com saudades dela. Enquanto isso, na casa do Coopyr, ele, dormindo profundamente, não escuta o celular tocar. Maya não desiste e continua ligando, mas o seu amado não atende. Então, Maya resolve voltar a dormir.

Maya: — Vamos, Maya, você consegue dormir. Amanhã é outro dia.

NARRADOR: Maya falando alto consigo mesma.

Maya: — Por que eu não consigo dormir? Por que ele não atende o telefone? Que raiva, que saco, o que esse moleque fez comigo? Quer saber, vou ligar novamente e vou continuar ligando até ele atender.

NARRADOR: Maya liga, o telefone chama até desligar. Ela liga de novo, outra vez. Coopyr acorda assustado com um barulho insistente, demora para perceber que é o telefone.

Coopyr: — Quem será que não tem o que fazer para ligar esta hora. Poxa!!! eu nem posso dormir. Oi, quem fala?

Maya: — Oi, amor!!!

Coopyr: — Quem que está me perturbando a esta hora? Eu estou a fim de dormir.

Maya: — Eu, sua namorada.

Coopyr: — Que namorada?

Maya: — Você não se lembra?

Coopyr: — Não lembro de nada. Eu só quero dormir, me deixa em paz. Bom, vou desligar, preciso dormir. Tchau!

Maya: — Espera aí!!!

Coopyr: — Fala logo, então.

Maya: — Eu sou...

NARRADOR: Coopyr, com muito sono, faz um esforço para lembrar. Esforça-se para escutar a voz de Maya.

Coopyr: — Já sei. Acho que é a Maya.

Maya: — Estou de perturbando? Você quer dormir?

Coopyr: — Não, você nunca me perturba, mas só que eu estou com bastante soninho e você está me ligando de madrugada. O que aconteceu?

Maya: — Queria escutar sua voz. Não estava conseguindo pegar no sono.

Coopyr: — Humm. Só por isso você me acordou?

Maya: — Você não está feliz?

Coopyr: — Sim, estou.

Maya: — Não parece.

Coopyr: — Poxa, querida, quero dormir. Você é fofa sabia? Mas deixa que amanhã a gente se fala. Ok?

Maya: — Promete, amor? Te amo, se cuida.

Coopyr: — Prometo, sim. Agora me deixa dormir.

Maya: — Ok. Boa noite, bons sonhos!!!

Coopyr: — Tá, vida. Tchau!!!

Maya: — Uau!!! Ele nem disse algo mais. Só desligou.

NARRADOR: Maya resolve enviar uma mensagem para o amado e depois desliga o telefone. Deita e acaba dormindo. Coopyr desliga o telefone e volta a dormir e logo começa sonhar com a sua amada, Maya, sua namorada perfeita. Dorme até meio-dia e depois liga a televisão para ver se está passando algo de bom. Observa que não está passando nada que ele gosta, então resolve ver um filme. De repente o celular do Coopyr recebe uma mensagem. Ele dá uma pausa no filme e pensa: "Que coisa, quem está me incomodando tão cedo? Credo, durante o filme que eu quero muito assistir". Pega o celular e olha a mensagem que a Maya enviou de madrugada.

Maya: — Oi, amor da minha vida, você já está acordado? Não estou conseguindo dormir, quero te ver ou escutar tua voz.

Coopyr: — Uau!!! Ela não vive sem mim. Que poder que eu tenho. Vou responder.

NARRADOR: Coopyr envia a mensagem, dá um play e continua a assistir ao filme. Maya dorme até depois do meio-dia, se espreguiça e resolve assistir TV, não está a fim de encontrar a família, quer ficar sozinha e sonhar com o seu amado. Ela pega o controle, liga a televisão, procura algum programa bom, mas acaba decidindo por um filme. De repente o seu celular vibra, anunciando uma mensagem. Resolve continuar assistindo ao filme e depois que terminar ela olha mensagem. Quando termina, vê a mensagem do Coopyr.

Coopyr: — Oi!!! Você não vive sem esse seu Coopyr. Eu sei, linda!!!

NARRADOR: Maya lê a mensagem e resolve ligar para o amado. Coopyr ouve o telefone tocar e fala consigo mesmo: "Hoje não é o meu dia de assistir um bom filme. Quem pode ser a essa hora? Que coisa chata ficar ligando no início do dia, horário do almoço".

Coopyr — Oi, quem fala?

Maya: — Oi, amor.

Coopyr: — Quem que está me chamando de amor?

NARRADOR: Coopyr sabe que é a voz da Maya, mas quer brincar com ela.

Maya: — Eu, sua namorada.

Coopyr: — Que namorada?

Maya: — Você não se lembra? Ok, vou desligar, tchau.

Coopyr: — Ei!!! Espera aí.

Maya: — Por que se você não sabe quem eu sou?

Coopyr: — Eu lembro quem é você, minha namorada perfeita.

NARRADOR: Maya revira os olhos e responde.

Maya: — Que engraçado, eu estava quase ficando chateada. Bem, eu só queria saber se o que você disse na mensagem é verdade.

Coopyr: — Sim, afinal você me chama quase o dia todo e de madrugada.

Maya: — Humm... Isso não é verdade.

Coopyr: — É a pura verdade.

Maya: — Nossa!!! Eu sou tão grudenta assim?

Coopyr: — Positivo. Você nem deixa eu assistir a um filme em paz.

Maya: — Que triste saber que você prefere ver um filme a falar comigo.

Coopyr: — Nossa, você pode me ligar o tempo que for, flor.

Maya: — Jura?

Coopyr: — Sim, amor. Só não liga quando estou assistindo um bom filme. Eu gosto de assistir até o fim sem interrupção.

Maya: — Humm... Como eu vou saber que você está assistindo filme na TV?

Coopyr: — Sei lá. Tchau!!!

Maya: — Tchau! Te ligo amanhã. Ok?

Coopyr: — Beleza!!!

NARRADOR: Maya desliga e fica deitada pensando no namorado, sonhando com o dia seguinte, quando vai se encontrar com o Coopyr.